天使のはしご 5

JACOB'S LADDER

名木田恵子/作　武田綾子/絵

講談社 青い鳥文庫

もくじ

ヤコブが

イスラエルの地《ち》に旅《たび》した時《とき》、

ある土地《とち》で石《いし》を枕《まくら》に寝《ね》ていると、

天《てん》に通《つう》じる階段《かいだん》ができて、

天使《てんし》がのぼったりくだったり

しているのを夢《ゆめ》みた

旧約聖書《きゅうやくせいしょ》・創世《そうせい》の記《き》 第《だい》28章《しょう》より

1　姉《あね》

三つ年上《としうえ》の生絹《すずし》のことを、紅絹《もみ》は今《いま》まで〝姉《あね》〟だと強《つよ》く意識《いしき》したことはなかった。紅絹《もみ》が生絹《すずし》を〝おねえちゃん〟と呼《よ》んでいたのは、幼《おさな》いころのほんのわずかの間《あいだ》だけだ。

生絹《すずし》が自分《じぶん》のことを〝スゥ〟と称《しょう》するので、いつのまにか紅絹《もみ》も〝スゥちゃん〟と呼《よ》ぶようになっていた。

身長《しんちょう》も紅絹《もみ》と変《か》わらず、顔立《かおだ》ちも年《とし》より幼《おさな》く見《み》える生絹《すずし》は自分《じぶん》が〝姉扱《あねあつか》い〟されることが好《す》きではなかったようだ。

生絹《すずし》は小学校《しょうがっこう》の高学年《こうがくねん》になっても、紅絹《もみ》と競《きそ》いあうように母《はは》の香枝《かえ》にまとわりついていた。父《ちち》が紅絹《もみ》をかまっていると、生絹《すずし》が飛《と》んできて、いきなり父《ちち》の腕《うで》にぶら下《さ》がったこともあった。

──スゥはいつまでも甘《あま》えんぼで困《こま》るなァ。

父《ちち》にそうからかわれて、うれしそうに笑《わら》っていた生絹《すずし》の表情《ひょうじょう》がふいに思《おも》い出《だ》されてきて、紅絹《もみ》は電車《でんしゃ》の中《なか》できつく目《め》を閉《と》じた。

(スゥちゃんも……お父《とう》さんのこと大好《だいす》きだったんだよね。)

電車《でんしゃ》は今《いま》、洋光台《ようこうだい》に向《む》かっている。

母方《ははかた》の祖父母《そふぼ》、岡本《おかもと》の家《いえ》に引《ひ》き取《と》られた生絹《すずし》の住《す》む町《まち》に──。

銀座《ぎんざ》の路地裏《ろじうら》で、紅絹《もみ》はどのくらい放心《ほうしん》したようにすわりこんでいただろう。

何《なに》かを深《ふか》く考《かんが》えているようで、何《なに》も考《かんが》えてはいなかった。

しゃがんでいた店《みせ》の裏口《うらぐち》のドアが開《あ》く気配《けはい》に紅絹《もみ》はあわてて立《た》ち上《あ》がり、逃《に》げるように小走《こばし》りで路地裏《ろじうら》をぬけだした。

いろいろなことから逃《に》げてしまいたい。

思《おも》わず倉沢竜人《くらさわりゅうど》に電話《でんわ》をかけてしまった。竜人《りゅうど》の携帯電話《けいたいでんわ》の番号《ばんごう》を知《し》らないうちに覚《おぼ》えていたなんて──。それに、それに、生絹《すずし》の気持《きも》ちにまったく気《き》がつかなかった自分《じぶん》が、情《なさ》けなくてたまらなかった。

生絹《すずし》は知《し》っていたのだ。

母《はは》の香枝《かえ》が早坂鉄昇《はやさかてっしょう》とつきあっていたこと。それもただのつきあいではないことまで。

(スゥちゃんは、いつから知《し》っていたの……。)

紅絹《もみ》はうわずった気持《きも》ちのまま、地下鉄《ちかてつ》の駅員《えきいん》が教《おし》えてくれたとおり、新橋《しんばし》から京浜東《けいひんとう》北線《ほくせん》に乗《の》りかえた。

洋光台《ようこうだい》に行《い》って、どうしても生絹《すずし》に会《あ》いたかった。

生絹《すずし》に会《あ》って、一言《ひとこと》、あやまりたい。

(何《なに》も知《し》らなかったよ……スゥちゃん、ごめんなさい……。)

心《こころ》の中《なか》でつぶやくと、また涙《なみだ》がこみ上《あ》げてきそうになって、紅絹《もみ》は歯《は》をくいしばって口《くち》を引《ひ》きしめた。

八月《がつ》だった、と早坂鉄昇《はやさかてっしょう》はいっていた。

生絹《すずし》はたったひとりで、早坂鉄昇《はやさかてっしょう》をたずねていったのだ。母《はは》と別《わか》れてほしい——それだけを伝《つた》えるために。

あの気《き》の弱《よわ》い生絹《すずし》が、どんな思《おも》いで鉄昇《てっしょう》に会《あ》いに行《い》ったのかと思《おも》うと、紅絹《もみ》は胸《むね》がはりさけそうになってくる。

（八月《がつ》……だったら、スゥちゃん、もっと前《まえ》から知《し》っていたんだね。お母《かあ》さんたちのこと。）

気《き》がつかなかった。

どんなに思《おも》い返《かえ》しても、あの夏《なつ》、生絹《すずし》の様子《ようす》はいつもと変《か》わらなかった。あの年《とし》の夏休《なつやす》み、紅絹《もみ》は夏期講習《かきこうしゅう》に通《かよ》っていた。中学受験《ちゅうがくじゅけん》のことで頭《あたま》がいっぱいで生絹《すずし》の変化《へんか》を見《み》すごしていたのかもしれない。

そういえば、生絹《すずし》はいつも以上《いじょう》に外出《がいしゅつ》する母《はは》の帰宅時間《きたくじかん》を気《き》にしていた。

――六時《じ》までには帰《かえ》ってくるよね！

そう母《はは》に何度《なんど》も念《ねん》を押《お》していた生絹《すずし》の声《こえ》がふいによみがえってくる。今《いま》、思《おも》えばどこか切羽《せっぱ》つまったような生絹《すずし》の声《こえ》――なぜ、あのとき、気《き》がつかなかったのだろう。

洋光台《ようこうだい》の駅《えき》から岡本《おかもと》の家《いえ》に向《む》かう坂道《さかみち》をぼんやりとした足《あし》どりでのぼりながら、紅絹《もみ》の目《め》の前《まえ》に、さまざまな生絹《すずし》の表情《ひょうじょう》が浮《う》かんでは消《き》えていった。

事件後《じけんご》も生絹《すずし》は自分《じぶん》が早坂鉄昇《はやさかてっしょう》と会《あ》ったことを一言《ひとこと》もいわなかった。すべて自分《じぶん》の心《こころ》に抱《かか》えこんでいたのだ。

(スゥちゃんは……やっぱりわたしの〝おねえちゃん〟なんだね……。)

紅絹《もみ》は今《いま》さらのように身《み》にしみて感《かん》じた。

生絹《すずし》は紅絹《もみ》を守《まも》ろうとしてくれたのだ。受験勉強《じゅけんべんきょう》をしていた自分《じぶん》を、そして、事件後《じけんご》、声《こえ》が出《で》なくなった自分《じぶん》を──。

──いつか二人《ふたり》で暮《く》らそう。

いきなり、生絹《すずし》の声《こえ》が耳《みみ》もとにひびいて、紅絹《もみ》は坂道《さかみち》の途中《とちゅう》で立《た》ち止《ど》まった。

生絹《すずし》が桜木《さくらぎ》の祖母《そぼ》の家《いえ》まで〝岡本生絹《おかもとすずし》〟になったことを告《つ》げに来《き》てくれたとき──橋《はし》のたもとでそういった。

あのときも〝姉《あね》〟の声《こえ》だった。

生絹《すずし》はずっと、ずっと、自分《じぶん》の〝姉《あね》〟だったのだ。

(いい妹《いもうと》じゃなかったね、わたし……。スゥちゃんのこと心配《しんぱい》しながら、少《すこ》しも気持《きも》ち、わからなかった……。)

生絹《すずし》にメールを拒《こば》まれたことも、電話《でんわ》をくれないことも、ほんの少《すこ》しうらんでいた。

紅絹《もみ》は大《おお》きく息《いき》をつき、歩《ある》きだしかけてまた立《た》ち止《ど》まった。

勢《いきお》いこんでここまで来《き》てしまったが、岡本《おかもと》の家《いえ》に生絹《すずし》はいないかもしれない。こんな思《おも》いを抱《かか》えて、岡本《おかもと》の祖父母《そふぼ》には会《あ》いたくなかった。電話《でんわ》をかけて生絹《すずし》が家《いえ》にいるかどうかを確《たし》かめてみよう。

紅絹《もみ》は坂道《さかみち》のはしに寄《よ》ると、肩《かた》にかけていたバッグのポケットから携帯電話《けいたいでんわ》を取《と》ろうとして——ハッと息《いき》をのんだ。

携帯電話《けいたいでんわ》がない。

ぼんやりしていた意識《いしき》が急《きゅう》にはっきりしてきて、紅絹《もみ》はあせってバッグの中《なか》をさがした。

携帯電話《けいたいでんわ》はどこにもなかった。

落《お》としてしまったのだ。銀座《ぎんざ》の路地裏《ろじうら》? 走《はし》っているとき? ——紅絹《もみ》にはまったく記《き》憶《おく》がなかった。

(……これでもう、リュードから電話《でんわ》かかってこないよね。)

ふいに竜人《りゅうど》のことが浮《う》かんでくる。

——ほんとにもみなのか!? 携帯電話《けいたいでんわ》の電源《でんげん》を切《き》って、すぐに意識《いしき》の外《そと》に押《お》しだしたはずの竜人《りゅうど》の声《こえ》がよみがえってきて、紅絹《もみ》はうろたえた。

(なくしたっていい……もう……そのほうがいいんだから……。)

自分《じぶん》にいいきかせると、紅絹《もみ》はひとりでうなずき、坂道《さかみち》をくだりはじめた。

洋光台《ようこうだい》の駅《えき》まで戻《もど》って、岡本《おかもと》の家《いえ》に電話《でんわ》してみよう。もしかしたら、生絹《すずし》がいて駅《えき》まで出《で》てきてくれるかもしれない。

駅前《えきまえ》で紅絹《もみ》は公衆電話《こうしゅうでんわ》をさがした。

岡本《おかもと》の家《いえ》は留守番電話《るすばんでんわ》になっていた。一回目《かいめ》はそのまま切《き》り、数分後《すうふんご》、二回目《かいめ》にかけたとき、もしかして、と留守番電話《るすばんでんわ》に呼《よ》びかけたが反応《はんのう》はなかった。

紅絹《もみ》はそれでもしばらくの間《あいだ》、洋光台《ようこうだい》の駅前《えきまえ》にぼんやりと立《た》っていた。待《ま》っていたら駅《えき》から生絹《すずし》が現《あらわ》れるような気《き》もした。

六月《がつ》の空《そら》が灰色《はいいろ》に重《おも》く広《ひろ》がっている。

明日《あした》はまた雨《あめ》かもしれない。

桜木《さくらぎ》の祖母《そぼ》には、朝《あさ》、〝友《とも》だちと図書館《としょかん》に行《い》く。〟といって出《で》てきた。夕方《ゆうがた》帰《かえ》る、という

と祖母《そぼ》は〝昼食代《ちゅうしょくだい》〟だと特別《とくべつ》おこづかいまでくれた。

桜木《さくらぎ》の祖母《そぼ》は、紅絹《もみ》がふつうの中学生《ちゅうがくせい》のように友《とも》だちと出《で》かける、というだけでうれしいらしい。

早坂鉄昇《はやさかてっしょう》の展覧会《てんらんかい》に行《い》った、と祖母《そぼ》が知《し》ったら——。紅絹《もみ》は急《きゅう》にあわてた気分《きぶん》になってきた。はやく帰《かえ》らないと。

今《いま》から帰《かえ》っても、日《ひ》は暮《く》れてしまうだろう。桜木《さくらぎ》の祖母《そぼ》に電話《でんわ》をしておかなければ——。電話《でんわ》……と思《おも》ったとたん、紅絹《もみ》の心《こころ》はふいに砂時計《すなどけい》になってサラサラとこぼれていく。

携帯電話《けいたいでんわ》を、なくしてしまったのだ。

想志《そうし》との思《おも》い出《で》が残《のこ》っている携帯電話《けいたいでんわ》なのに。

(そうちゃんと、あの携帯《けいたい》で話《はな》した……。)

何度《なんど》も何度《なんど》も、想志《そうし》にあの携帯電話《けいたいでんわ》の画面《がめん》に打《う》ちこんだ自分《じぶん》の思《おも》いを見《み》せた。

紅絹《もみ》の声《こえ》を聞《き》くように画面《がめん》をのぞきこんでほほえみ、うなずいていた想志《そうし》——。

そんな大切《たいせつ》な携帯電話《けいたいでんわ》をなくしてしまったのに——さがしだそうという気持《きも》ちに、なぜかブレーキがかかっている。

あの携帯電話《けいたいでんわ》がなくなれば、もう倉沢竜人《くらさわりゅうど》とのつながりも自然《しぜん》に切《き》れてしまうだろう。

——もう、会《あ》わない。

そういったのは、紅絹自身《もみじしん》なのだ。

なのに、自分《じぶん》から竜人《りゅうど》に電話《でんわ》をかけてしまった。

(どうかしてたね、そうちゃん、わたし……。もう、携帯《けいたい》なんていらないね。スゥちゃんとはどうせ話《はな》せないんだし……持《も》ってないほうがいいの……。)

帰《かえ》る途中《とちゅう》、公衆電話《こうしゅうでんわ》から桜木《さくらぎ》の祖母《そぼ》に遅《おそ》くなることを伝《つた》えた。

祖母《そぼ》にはどうしても早坂鉄昇《はやさかてっしょう》に会《あ》ったことはいえない。

うす闇《やみ》のふきあげ橋《ばし》を、紅絹《もみ》は気《き》がせいて走《はし》ってわたった。

川《かわ》ぞいの道《みち》を、家《いえ》の近《ちか》くまで来《き》たとき、紅絹《もみ》は自分《じぶん》の名《な》を呼《よ》ばれたような気《き》がした。

空耳《そらみみ》かもしれない。

そのまま走《はし》りすぎようとしたとき、

「もみ！」

今度《こんど》は、はっきりと聞《き》こえ、〝しの橋《はし》〟の土手《どて》のほうから、いきなり竜人《りゅうど》が駆《か》け上《あ》がってきた。

息《いき》をはずませ、紅絹《もみ》はつまずくように立《た》ち止《ど》まる。

「倉沢《くらさわ》さん……！　なんで、こんなところに！」

「ったく、ひでぇやつだな。」

竜人《りゅうど》は、ほっとしたように口《くち》もとをゆるめると、夏草《なつくさ》を踏《ふ》みしだき紅絹《もみ》の前《まえ》に立《た》った。

「あんな電話《でんわ》くれて……心配《しんぱい》しないほうがおかしい。」

竜人《りゅうど》の眼差《まなざ》しが、紅絹《もみ》の心《こころ》をすくい上《あ》げるようにやわらかくきらめいた。

2　救《すく》いあうために……

のどまで出《で》かかった言葉《ことば》がなんなのか、紅絹《もみ》には自分《じぶん》でもわからなかった。

竜人《りゅうど》と別《わか》れたのは、桜《さくら》が散《ち》るころ——あの夜《よる》から二か月半《げつはん》あまりたっていた。

たった二か月半《げつはん》？　——何年《なんねん》もすぎたような気《き》がするのに。

紅絹《もみ》は言葉《ことば》もなく呆然《ぼうぜん》としたまま竜人《りゅうど》を見《み》つめていた。

しめった川風《かわかぜ》が吹《ふ》きぬけていく。

目《め》の前《まえ》に竜人《りゅうど》がいることが信《しん》じられない——ああ、この気持《きも》ち、同《おな》じだ。静岡《しずおか》の駅《えき》で竜《りゅう》人《ど》が待《ま》っていてくれたときと。

「髪《かみ》、のびたな。」

竜人《りゅうど》はつぶやくと、照《て》れたように目《め》を細《ほそ》めた。

「何《なに》があったんだ？　……ここまで来《き》たけど、もみの家《いえ》には行《い》かなかった……なんとなく、おばあさんには知《し》られたくないことかなって思《おも》って。」

思《おも》わず紅絹《もみ》はうつむいた。

竜人《りゅうど》の気《き》づかいが胸《むね》をしめらせる。

「もみが無事《ぶじ》に家《いえ》に帰《かえ》ったかどうか、それだけでも確《たし》かめたくてさ、なんか、忍者《にんじゃ》みたいに土手《どて》にひそんでたんだ。二階《かい》に灯《あか》りがつけば帰《かえ》ったってわかるから。」

「……ありがとう。」

うつむいたまま小声《こごえ》でいって、紅絹《もみ》は歩《ある》きだした。じっとしていると、涙《なみだ》がにじんできそうだった。

竜人《りゅうど》も黙《だま》って紅絹《もみ》に並《なら》ぶ。

川《かわ》べりに咲《さ》いている紫陽花《あじさい》がほんのりと青《あお》くうす闇《やみ》に浮《う》かび上《あ》がっている。

公園《こうえん》まで来《く》ると、紅絹《もみ》は立《た》ち止《ど》まった。

川《かわ》のほとりの公園《こうえん》。竜人《りゅうど》と別《わか》れたころは桜《さくら》が散《ち》っていた。今《いま》は緑《みどり》の葉《は》がたわわに桜《さくら》の枝《えだ》をおおっている。

「何《なに》があったか、いいたくなかったらいわなくていい。」

桜《さくら》の木《き》を見上《みあ》げていた紅絹《もみ》の後《うし》ろで、竜人《りゅうど》がいった。

「つらいことがあったってことくらいはわかる……つらいことがあって、おれに電話《でんわ》したんだ。」

「……ごめんなさい。」

紅絹《もみ》は桜《さくら》の木《き》に向《む》かって頭《あたま》を下《さ》げると、幹《みき》に手《て》をついた。竜人《りゅうど》を正面《しょうめん》から見《み》る勇気《ゆうき》がなかった。

「そういって、電源《でんげん》、切《き》ったな。」

おさえた声《こえ》でいって、竜人《りゅうど》が紅絹《もみ》の前《まえ》に回《まわ》る。

「おれの声《こえ》が聞《き》きたかったんだ。」

ハッと、紅絹《もみ》は幹《みき》から手《て》をはなした。

「……そんなつもりは……。」

「そうだろう？　認《みと》めろよ！」

強《つよ》い目《め》で見《み》すえられて、紅絹《もみ》は竜人《りゅうど》から目《め》をそらした。

「……ごめんなさい。」

「あやまるなって！　認《みと》めろよ！」

竜人《りゅうど》は音《おと》をたてて、桜《さくら》の幹《みき》にもたれかかった。

「おれはいつも、もみには正直《しょうじき》だったぞ。もみもそうじゃなかったのか。」

川風《かわかぜ》にサワサワと桜《さくら》の葉《は》が鳴《な》っている。

紅絹《もみ》はゆっくりと目《め》を上《あ》げた。竜人《りゅうど》の真剣《しんけん》な視線《しせん》が待《ま》ちかまえている。

「……気《き》がついたら、かけてた……自分《じぶん》でもなんで倉沢《くらさわ》さんにかけてしまったのか、わからないの……。」

つぶやくように紅絹《もみ》が答《こた》えると、竜人《りゅうど》の肩《かた》がふうっと下《さ》がった。

「もみから電話《でんわ》があったのは、はじめてだ。」

竜人《りゅうど》の声《こえ》からも力《ちから》がぬけていた。

「メチャクチャ、うれしかったよ……暗闇《くらやみ》に光《ひかり》が射《さ》してきたみたいだった。」

竜人《りゅうど》の目《め》が光《ひか》った。紅絹《もみ》は思《おも》わずまた下《した》を向《む》く。

「この三か月《げつ》くらい、おれは暗闇《くらやみ》にいたんだ。」

竜人《りゅうど》が寄《よ》りかかっていた幹《みき》から体《からだ》を起《お》こした。

「毎日《まいにち》、考《かん》えたよ。なんで、もみに会《あ》えないのか……結局《けっきょく》、もみは、おれを許《ゆる》してなんていないんだって——。」

「ちがう！」

さえぎるように紅絹《もみ》は叫《さけ》んでいた。

「倉沢《くらさわ》さんのせいじゃないって、何度《なんど》もいった……いっても、いっても、倉沢《くらさわ》さんはつらいんじゃないの!? わたしだって……。」

紅絹《もみ》はくちびるをかむ。また竜人《りゅうど》の前《まえ》で泣《な》きだしてしまったら、自分《じぶん》をささえていたものが流《なが》れだしてしまうような気《き》がした。

「江藤《えとう》のことは一生《いっしょう》、忘《わす》れられない。」

苦《くる》しそうに竜人《りゅうど》がいった。

「忘《わす》れるつもりもないんだ……おれがやってしまったこと……人《ひと》がなんてなぐさめてくれようとおれが背負《せお》っていくことなんだ……。でも今《いま》、江藤《えとう》のことよりもっとつらいのは、」

竜人《りゅうど》は言葉《ことば》を切《き》って、紅絹《もみ》を見《み》つめる。

「もみと会《あ》えないことだってわかった。」

たえきれず、紅絹《もみ》は竜人《りゅうど》の視線《しせん》をはずした。

「かけてきたのは、そっちだからな、もう、おれ、引《ひ》かないからな。」

心《こころ》を決《き》めたように竜人《りゅうど》はきっぱりと宣言《せんげん》した。

どうしたらいいのだろう。

胸《むね》が痛《いた》い。紅絹《もみ》は手《て》のひらを胸《むね》に当《あ》てた。

「もう、ぜったいに、電話《でんわ》なんてかけないから——。」

とぎれとぎれに、紅絹《もみ》はいった。

「なんでだよ。」

竜人《りゅうど》が一歩近寄《ぽちかよ》り、紅絹《もみ》が一歩下《ぽさ》がる。

「なんで、おれにかけられないんだよ、たかが電話《でんわ》だろ？　おれは、またかけるぞ。」

ハッと紅絹《もみ》は手《て》を下《した》におろした。

「携帯《けいたい》、もう通《つう》じないから……。」

「なんで？」

「……落《お》としてしまったの。」

「落《お》とした？」

竜人《りゅうど》が紅絹《もみ》をはすかいに見《み》た。

「もう、携帯《けいたい》、持《も》たないと思《おも》うし……だから……。」

「通《つう》じるんなら、かけてもいいんだな。」

竜人《りゅうど》はそういうと、いきなり白《しろ》いジャケットのポケットから携帯電話《けいたいでんわ》を出《だ》した。

紅絹《もみ》は、あっと息《いき》をのむ。

「それ……!?」

竜人《りゅうど》がにぎりしめているのは、紅絹《もみ》の携帯電話《けいたいでんわ》だったのだ。

「二度目《どめ》だな。もみの落《お》とし物《もの》、拾《ひろ》うの。」

竜人《りゅうど》は紅絹《もみ》の携帯電話《けいたいでんわ》をまたポケットにしまった。

「それ、どこで……。」

取《と》り返《かえ》すことも忘《わす》れて、紅絹《もみ》は呆然《ぼうぜん》とつぶやいた。

「銀座《ぎんざ》の〝ラジャーナ〟ってレストランの裏口《うらぐち》で落《お》としたんだろ。電源切《でんげんき》られてもかけまくってたんだ。そしたら、突然《とつぜん》、通《つう》じた。」

竜人《りゅうど》はまたポケットから携帯電話《けいたいでんわ》を取《と》りだす。

「店《みせ》の人《ひと》が見《み》つけて、電源《でんげん》を入《い》れてくれたとたん、おれとつながったんだ。すぐに、バイクで取《と》りに行《い》った。」

竜人《りゅうど》は携帯電話《けいたいでんわ》を片手《かたて》でそっとぬぐった。

「あんなところで……もみは、おれに電話《でんわ》をくれたんだ。」

――返《かえ》して。

その言葉《ことば》がなかなか出《で》てこない。紅絹《もみ》は横《よこ》を向《む》いた。

「通《つう》じるんだからな、これからもかけるぞ。」

「……それは。」

小声《こごえ》で紅絹《もみ》は抵抗《ていこう》する。

「しょうがねーなァ。」

竜人《りゅうど》は明《あか》るく舌《した》うちすると、ジャケットの内《うち》ポケットから自分《じぶん》の携帯電話《けいたいでんわ》を出《だ》した。

親指《おやゆび》でボタンをプッシュする。一呼吸後《ひとこきゅうのち》、竜人《りゅうど》の左手《ひだりて》ににぎられていた紅絹《もみ》の携帯電話《けいたいでんわ》のバイブレーションがうなった。

「出《で》ろよ。」

竜人《りゅうど》が紅絹《もみ》にうなっている携帯電話《けいたいでんわ》を押《お》し返《かえ》してくる。

「出《で》ろったら。」

竜人《りゅうど》の声《こえ》におされて、紅絹《もみ》は携帯電話《けいたいでんわ》を受《う》け取《と》ると、プッシュし耳《みみ》に当《あ》てていた。

「もしもし……桜木紅絹《さくらぎもみ》さんですか？」

竜人《りゅうど》がわざとあらたまった口調《くちょう》で、携帯電話《けいたいでんわ》ごしに呼《よ》びかけてくる。

「……はい。」

つられて紅絹《もみ》が答《こた》えると、目《め》の前《まえ》で竜人《りゅうど》がほほえんだ。

「……元気《げんき》、じゃないみたいだな。」

紅絹《もみ》から視線《しせん》をそらしながら、竜人《りゅうど》がいった。

「……はい。」

紅絹《もみ》も携帯電話《けいたいでんわ》を耳《みみ》に当《あ》てたまま、横《よこ》を向《む》く。

「この二か月《げつ》と十九日《にち》、長《なが》かったよ……。」

電話《でんわ》から聞《き》こえる竜人《りゅうど》の声《こえ》とそばにいる竜人《りゅうど》の声《こえ》がダブッて、深《ふか》いエコーになって紅絹《もみ》の耳《みみ》にひびいてくる。

「ずっと考《かんが》えてた……おれたち……苦《くる》しめあうために会《あ》ったんじゃないんだ……救《すく》いあうために出会《であ》ったとは思《おも》えないか？」

救《すく》いあうために——？

ゆっくりと、紅絹《もみ》は竜人《りゅうど》と向《む》きあった。

「少《すく》なくとも、おれはもみと会《あ》えたことで救《すく》われた、ほんとだ！」

否定《ひてい》しようとした紅絹《もみ》を察知《さっち》して、竜人《りゅうど》が強《つよ》い口調《くちょう》でいった。

「ほんとに救《すく》われた……これからもきっと。」

竜人《りゅうど》は声《こえ》を落《お》とす。

「おれは、もみを救《すく》えないのか？　救《すく》えるはずだよ！　おれは江藤《えとう》とはちがうやり方《かた》で。もみさえ、手《て》をさしだしてくれたら。」

紅絹《もみ》は何《なに》も答《こた》えられなかった。

けれど、ふいにほおをツーっと伝《つた》わって流《なが》れていった一粒《ひとつぶ》の涙《なみだ》が紅絹《もみ》の言葉《ことば》だったのかもしれない。

竜人《りゅうど》は包《つつ》みこむような眼差《まなざ》しで紅絹《もみ》の涙《なみだ》の行方《ゆくえ》を追《お》って、携帯電話《けいたいでんわ》を切《き》った。

祖母《そぼ》のキヨ子《こ》は、帰《かえ》りが遅《おそ》くなった理由《りゆう》を紅絹《もみ》にたずねなかった。和室《わしつ》で関根《せきね》さんと新《あたら》しい献立《こんだて》の相談《そうだん》をしている祖母《そぼ》にほっとして紅絹《もみ》は二階《かい》に上《あ》がった。

竜人《りゅうど》のもとからまた戻《もど》ってきた携帯電話《けいたいでんわ》を取《と》りだして、不思議《ふしぎ》な思《おも》いでじっと見《み》つめる。

救《すく》いあうために、出会《であ》った……。

竜人《りゅうど》の言葉《ことば》が耳《みみ》からはなれない。

(どうしたらいいの、そうちゃん……。)

紅絹《もみ》は想志《そうし》が残《のこ》したカレンダーと向《む》きあった。日《ひ》に焼《や》け、うすよごれてきた、去年《きょねん》の九月《がつ》のカレンダー。

(わたしはリュードを救《すく》えるの……? そんな力《ちから》なんてない……スゥちゃんだって、スゥちゃんのことだって、何《なに》も気《き》がつかなかったのに……。)

自分《じぶん》に人《ひと》を救《すく》う力《ちから》があるならば、生絹《すずし》のことも救《すく》いたい。とうとう竜人《りゅうど》に話《はな》すことはできなかった。銀座《ぎんざ》の路地裏《ろじうら》で思《おも》わず竜人《りゅうど》に電話《でんわ》をかけてしまった理由《りゆう》——早坂鉄昇《はやさかてっしょう》と会《あ》って生絹《すずし》の苦《くる》しみを知《し》ってしまったことを。

(わたしが、電話《でんわ》をかけてしまったの……だから、リュードに断《ことわ》れなかった……。)

カレンダーからはなんの反応《はんのう》もない。カレンダーはただのカレンダーでしかないのだ、と紅絹《もみ》はぼんやりと思《おも》った。

その電話《でんわ》を受《う》けたのは、関根《せきね》さんだった。

夕食後《ゆうしょくご》、祖母《そぼ》と食器《しょっき》を洗《あら》っていた紅絹《もみ》は、

「警察《けいさつ》、ですか!? えっ、倉沢《くらさわ》? 倉沢竜人《くらさわりゅうど》?」

関根《せきね》さんの大声《おおごえ》に、茶《ちゃ》わんを落《お》としそうになった。あわてて和室《わしつ》に駆《か》けこむ。

「もみちゃん、倉沢《くらさわ》って、あいつだろ? 想志《そうし》くんを倒《たお》したやつ。」

受話器《じゅわき》を持《も》ったまま、関根《せきね》さんもうろたえている。

「あいつが、この近《ちか》くで事故《じこ》にあったって——。」

3 見《み》られた言葉《ことば》

病院《びょういん》は嫌《きら》いだ。特《とく》に夜《よる》の病院《びょういん》は——。照明《しょうめい》を落《お》とした鈍《にぶ》く光《ひか》る廊下《ろうか》。鼻《はな》につくような独《どく》特《とく》の匂《にお》いをかいだだけで、紅絹《もみ》の心《こころ》は硬直《こうちょく》してしまう。母《はは》の死《し》を、想志《そうし》のことを思《おも》い出《だ》してしまう。

紅絹《もみ》は体《からだ》の芯《しん》のふるえをおさえながら、吹上中央病院《ふきあげちゅうおうびょういん》の廊下《ろうか》を早足《はやあし》で竜人《りゅうど》の病室《びょうしつ》に向《む》かっていた。祖母《そぼ》と関根《せきね》さんもいっしょだ。

竜人《りゅうど》は紅絹《もみ》と別《わか》れ大通《おおどお》りに出《で》てから、乗用車《じょうようしゃ》を追《お》いこそうとして、横転《おうてん》してしまったらしい。

命《いのち》にかかわる事故《じこ》ではない、と警察《けいさつ》もいっていたというが、関根《せきね》さんの説明《せつめい》だけでまっ青《さお》になった紅絹《もみ》を心配《しんぱい》してか、祖母《そぼ》も病院《びょういん》までついてきたのだ。

三階《がい》の個室《こしつ》をノックすると、

「はい。」

竜人《りゅうど》の声《こえ》が聞《き》こえてきて、紅絹《もみ》はほっとして、やっとまともな呼吸《こきゅう》ができたような気《き》がした。

「もみ！　来《き》てくれたんだ！」

紅絹《もみ》がドアを開《あ》けた瞬間《しゅんかん》、顔《かお》じゅうに広《ひろ》がった竜人《りゅうど》の笑《え》みは、後《うし》ろにいた祖母《そぼ》と関根《せきね》さんを見《み》たとたん、引《ひ》きしまった。

「あ、どうも……。」

竜人《りゅうど》はあわてて祖母《そぼ》たちに頭《あたま》を下《さ》げる。祖母《そぼ》も会釈《えしゃく》すると、紅絹《もみ》といっしょに病室《びょうしつ》に入《はい》りかけた関根《せきね》さんの腕《うで》を強《つよ》く引《ひ》き戻《もど》した。

「私《わたし》らは廊下《ろうか》で待《ま》ってるから、ね。」

そういって、祖母《そぼ》は紅絹《もみ》だけを病室《びょうしつ》に押《お》しこむとドアを閉《し》めた。

広《ひろ》い個室《こしつ》だった。壁《かべ》には絵画《かいが》が飾《かざ》られ、ソファセットまである。

竜人《りゅうど》は大《おお》きなベッドに寄《よ》りかかるようにして足《あし》を投《な》げだしていた。左足《ひだりあし》には副《そ》え木《ぎ》をあてがわれ、両手《りょうて》にも包帯《ほうたい》が巻《ま》かれていた。

「みっともねーよなァ。」

照《て》れたように笑《わら》って、竜人《りゅうど》は片手《かたて》を頭《あたま》に当《あ》てた。動《うご》かせるところを見《み》ると、手《て》のケガはたいしたことはないらしい。

「驚《おどろ》いた？」

いたずらがバレたように竜人《りゅうど》が上目使《うわめづか》いに紅絹《もみ》を見《み》る。

「息《いき》が、とまるかと思《おも》った。」

思《おも》わず紅絹《もみ》が正直《しょうじき》につぶやくと、

「よーし！」

うれしそうに竜人《りゅうど》がうなずく。瞬間《しゅんかん》、紅絹《もみ》はうろたえた。竜人《りゅうど》を喜《よろこ》ばすようなことをいってしまったのだろうか──。

「ほんとは心配《しんぱい》かけるから、知《し》らせるつもりなかったんだ。でも、免許証《めんきょしょう》見《み》て、警察《けいさつ》のヤローがうちとそっちに連絡《れんらく》したみたいだ。」

「免許証《めんきょしょう》見《み》て？　うちに？」

「裏《うら》にもみの家《うち》の番号《ばんごう》、メモっといたんだ。のれんにあったんでね。ほんとは書《か》いちゃいけないとこにメモしたから、ケイサツも気《き》にしたんだろ。」

竜人《りゅうど》は副《そ》え木《ぎ》の当《あ》たった足《あし》に目《め》を落《お》とした。

「骨《ほね》が折《お》れたの……?」

「レントゲンとったら腓骨《ひこつ》あたりにちょっとヒビが入《はい》ったらしい。たいしたことない、すぐにトレーニングできるさ。」

竜人《りゅうど》は副《そ》え木《ぎ》をそっとさすっている。

「ランキング入《い》りしたって聞《き》いたけど……。」

紅絹《もみ》は息《いき》をつめた。ケガをしたのに竜人《りゅうど》はもうトレーニングのことを考《かんが》えている。

「ランキング入《い》りしたら、倉沢《くらさわ》さん、キックはやめるって――。」

「やめないよ!」

竜人《りゅうど》が鋭《するど》く顔《かお》を上《あ》げた。

「リュードはきたねぇ試合《しあい》をする、っていわれたままやめられるかよ!」

「でも、倉沢《くらさわ》さんはキックが嫌《きら》いなのに。」

思《おも》わず声《こえ》がうわずってしまう。紅絹《もみ》は真剣《しんけん》に竜人《りゅうど》を見《み》つめた。

「ケガしちゃったんだし、もう、これ以上《いじょう》――。」

「けじめつけたいんだ。」

竜人《りゅうど》はふっと遠《とお》い眼差《まなざ》しをした。その瞳《ひとみ》の奥《おく》には紅絹《もみ》が一瞬《いっしゅん》、返事《へんじ》ができなくなるほど暗《くら》い炎《ほのお》がゆれていた。

「おれは確《たし》かに荒《あ》れた試合《しあい》こなしてきた。でも、反則《はんそく》もしてないのに、きたねぇ試合《しあい》なんていわれて総《そう》スカンくってる。汚名《おめい》きせられたままやめられるか！　このまんじゃ、江藤《えとう》にだって悪《わる》い。」

「そうちゃんに？」

紅絹《もみ》がハッとなると、

「江藤《えとう》の名前《なまえ》聞《き》くとすぐ反応《はんのう》するんだな。」

竜人《りゅうど》はすねたように、紅絹《もみ》を見上《みあ》げた。

「おれが汚名《おめい》をそそがなきゃ、江藤《えとう》の最後《さいご》の試合《しあい》まできたねぇものになる気《き》がするんだよ。」

紅絹《もみ》は下《した》を向《む》いた。

「そうちゃんは、そんなこと……。」

「おれがいやなんだ!」

叫《さけ》ぶように竜人《りゅうど》がいったとき、かすかにドアがノックされ、祖母《そぼ》の呼《よ》ぶ声《こえ》が聞《き》こえた。

「ごめん、おばあさんが心配《しんぱい》してるな。」

竜人《りゅうど》が声《こえ》を落《お》とした。

「じゃあ。」

帰《かえ》りかけた紅絹《もみ》を見上《みあ》げて、

「もみ、明日《あした》も来《き》てくれるだろう?」

竜人《りゅうど》ははにかんだようにほほえんだ。

竜人《りゅうど》の表情《ひょうじょう》はどうしてこんなにクルクルと変化《へんか》するのだろう。さっき見《み》せた厳《きび》しいキックボクサーの表情《ひょうじょう》から今《いま》は素直《すなお》な少年《しょうねん》の表情《ひょうじょう》になっている。

「……明日《あした》は学校《がっこう》だから……。」

とまどったように紅絹《もみ》がドアを開《あ》けかけると、

「いてッ、いててッ！」

竜人《りゅうど》はおおげさに声《こえ》をあげ、びっくりしてふり返《かえ》った紅絹《もみ》に、

「明日《あした》、な。」

いたずらっぽくほほえんだ。

紅絹《もみ》はあきれて、何《なに》もいわずドアを閉《し》める。

廊下《ろうか》に出《で》ると、祖母《そぼ》と関根《せきね》さんは立《た》ったまま紅絹《もみ》を待《ま》っていた。

「あの子《こ》、元気《げんき》そうじゃないか、よかったね。」

祖母《そぼ》が紅絹《もみ》の背《せ》に手《て》を当《あ》てる。

「特別室《とくべつしつ》ってやつだろ、あの個室《こしつ》。高《たか》いんだろうなァ。あんな若造《わかぞう》がね。」

竜人《りゅうど》の病室《びょうしつ》をふり返《かえ》った関根《せきね》さんの声《こえ》には反感《はんかん》がにじんでいた。

関根《せきね》さんは想志《そうし》のことを思《おも》い出《だ》したのだ。想志《そうし》の母親《ははおや》は入院費《にゅういんひ》にも心《こころ》を痛《いた》め、想志《そうし》の兄《あに》といい争《あらそ》っていた。紅絹《もみ》にとっても切《せつ》なくて苦《にが》い記憶《きおく》。

すんなりと特別室《とくべつしつ》に入院《にゅういん》してしまう竜人《りゅうど》。だからといって、それは竜人《りゅうど》が望《のぞ》んだことではないだろう。

（これも、どうしようもないことなんだから……。）

黙《だま》ったまま紅絹《もみ》たちが病院《びょういん》の夜間専用《やかんせんよう》ドアを出《で》たとき、顔《かお》を引《ひ》きつらせた三人《にん》がドアに向《む》かってくるところだった。品《ひん》のいい初老《しょろう》の夫婦《ふうふ》と若《わか》い女性《じょせい》——一目《ひとめ》で紅絹《もみ》にはわかった。竜人《りゅうど》の姉《あね》だ。この三人《にん》は竜人《りゅうど》の家族《かぞく》なのだ。

すれちがう瞬間《しゅんかん》、竜人《りゅうど》の姉《あね》はチラッと紅絹《もみ》を見たような気《き》がしたが、そのまま病院《びょういん》に駆《か》けこんでいく。やわらかな香水《こうすい》の香《かお》りがあとに残《のこ》った。

強烈《きょうれつ》な一日《いちにち》が終《お》わろうとしている。

めまいがしそうなほど疲《つか》れているのに、紅絹《もみ》は目《め》がさえて眠《ねむ》れなかった。早坂鉄昇《はやさかてっしょう》に会《あ》い、話《はなし》までしてしまった。母《はは》の不倫相手《ふりんあいて》——。その衝撃《しょうげき》より生絹《すずし》が苦《くる》しみを一人《ひとり》でかかえていたことのほうがショックは大《おお》きかった。

生絹《すずし》は、ほんとうに何《なに》もいわなかった。事件《じけん》から一年半以上《ねんはんいじょう》たった今《いま》でさえも。鉄昇《てっしょう》の名前《なまえ》さえ口《くち》に出《だ》したことはない。

紅絹《もみ》は机《つくえ》の上《うえ》に置《お》いてある携帯電話《けいたいでんわ》を手《て》に取《と》った。なくしてもいい、と思《おも》っていたのに返《かえ》ってきた電話《でんわ》――。

生絹《すずし》が最後《さいご》にくれたメールをくりだしてみる。この一年間《ねんかん》、何度《なんど》も読《よ》み返《かえ》したメール。

――モミ、ごめん。メールがつらくなった。

モミのメール、読《よ》むたびに泣《な》いちゃう。

私《わたし》たち、なんでこんなメに？　みんなみんなあの人《ひと》たちのせい！

暗記《あんき》するほど読《よ》んだメールが、生絹《すずし》の声《こえ》になって聞《き》こえてきて、あらためて紅絹《もみ》の胸《むね》にしみた。

生絹《すずし》は守《まも》ろうとしたのだ。たった一人《ひとり》で家族《かぞく》がくずれていかないように――。

(なのに……なのに……こんなことになって……スゥちゃん、すごく……わたしよりもっとつらかったんだよね。)

自分《じぶん》はどんなメールを生絹《すずし》に送《おく》ったのだろう。生絹《すずし》が読《よ》むとつらくなるようなメール――。

（スゥちゃんの気持《きも》ちも知《し》らないで、わたしったら……。）

送信記録《そうしんきろく》のボタンをプッシュして、紅絹《もみ》はハッとした。送《おく》っていない見知《みし》らぬメッセージが残《のこ》っている。

——一生《いっしょう》、一人《ひとり》だけ　なんて
　さびしいよな
　それでもいい
　おれは　一生一人《いっしょうひとり》だけ、だと
　思《おも》ってるやつが　好《す》きなんだから

「倉沢《くらさわ》さん？」

画面《がめん》に浮《う》かんだ文字《もじ》に向《む》かって、紅絹《もみ》は思《おも》わず声《こえ》をあげていた。

（見《み》たのね！　わたしの携帯《けいたい》……。）

送信《そうしん》メッセージにたった一つだけ残《のこ》しておいた想志《そうし》への言葉《ことば》——。

想志《そうし》との会話《かいわ》は、次々《つぎつぎ》に伝《つた》えたい言葉《ことば》がわいてきて、すぐに文字《もじ》を消《け》していた。
けれど、あの夜《よる》――、
想志《そうし》がデビュー戦《せん》に勝《か》った夜《よる》、土手《どて》にすわってアームリングをわたした。
試合《しあい》が終《お》わってからくれるなよ、と笑《わら》っていた想志《そうし》。
あのとき、母《はは》の不倫《ふりん》の話《はなし》になって、紅絹《もみ》は感情《かんじょう》をおさえられなくなった。

――わたしは
一生《いっしょう》、一人《ひとり》の人《ひと》しか愛《あい》さない！

それは無意識《むいしき》のうちにほとばしりでた想志《そうし》への思《おも》いだったのだ。だからこそ、その言葉《ことば》だけは残《のこ》しておいたのだ。
その言葉《ことば》を竜人《りゅうど》に見《み》られてしまった。
体《からだ》がカッと熱《あつ》くなり、紅絹《もみ》は目《め》をきつく閉《と》じた。

4 青《あお》い傘《かさ》

紅絹《もみ》の中学校《ちゅうがっこう》から吹上中央病院《ふきあげちゅうおうびょういん》まで、歩《ある》いて二十分以上《ぷんいじょう》はかかる。

スプレーで吹《ふ》きかけられるような霧雨《きりさめ》が降《ふ》っていた。青《あお》い傘《かさ》ごしに、景色《けしき》がうす水色《みずいろ》ににじんで見《み》える。

病院《びょういん》に近《ちか》づくにつれ、ゆうべから紅絹《もみ》の中《なか》でうずまいていたとらえどころのない怒《いか》りが、急速《きゅうそく》になえていく。

(わたしの携帯《けいたい》、勝手《かって》に見《み》るなんて……。)

——おれは一生一人《いっしょうひとり》だけ、だと思《おも》ってるやつが好《す》きなんだから

（そんなこと、書《か》き残《のこ》されたって、わたし……。）

紅絹《もみ》の足《あし》がしだいにゆっくりになった。

あの桜《さくら》の散《ち》る夜《よる》、今度《こんど》こそ竜人《りゅうど》とは会《あ》わない、と心《こころ》に決《き》めた。竜人《りゅうど》も納得《なっとく》したのだ。きのう、紅絹《もみ》が電話《でんわ》さえかけなければ、竜人《りゅうど》は会《あ》いには来《こ》なかっただろう。

（バイクの事故《じこ》だって、なかったよね……。）

そう思《おも》うと、竜人《りゅうど》にすまない気持《きも》ちがわいてくる。キックボクサーにとって、足《あし》は特《とく》に大切《たいせつ》なのだから。

紅絹《もみ》は思《おも》いきって、病院《びょういん》の自動《じどう》ドアを開《あ》けた。やっぱり、竜人《りゅうど》に会《あ》いに行《い》こう——。竜《りゅう》人《ど》に会《あ》ってどうしても確《たし》かめたいこともあるのだ。

竜人《りゅうど》はどの橋《はし》をわたって帰《かえ》ったのか——。

ゆうべ、竜人《りゅうど》とは祖母《そぼ》の店《みせ》の前《まえ》で別《わか》れた。バイクはコンビニに停《と》めてあるといっていた。

（もしかして倉沢《くらさわ》さん、〝死《し》の橋《はし》〟をわたった……？）

そうだ。竜人《りゅうど》は〝しの橋《はし》〟の土手《どて》の下《した》で、紅絹《もみ》を待《ま》っていた。〝しののめ橋《ばし》〟の〝のめ〟が消《き》えて〝しの橋《はし》〟。生絹《すずし》が「おそろしい死の橋」といいだしてから、紅絹《もみ》はずっとこだわっている。バカバカしいとは思《おも》いながら、頭《あたま》からはなれない。

わたった人《ひと》を不幸《ふこう》にする〝死《し》の橋《はし》〟——。竜人《りゅうど》に注意《ちゅうい》しておけばよかった。

病院《びょういん》の廊下《ろうか》には入院患者《にゅういんかんじゃ》や看護師《かんごし》たちが行《ゆ》きかっている。

三階《がい》の病室《びょうしつ》をノックすると、返《かえ》ってきたのは女《おんな》の人《ひと》の声《こえ》だった。紅絹《もみ》がためらっている間《あいだ》に、病室《びょうしつ》のドアが内側《うちがわ》から開《ひら》いた。

竜人《りゅうど》の姉《あね》が紅絹《もみ》を見《み》て、小《ちい》さく会釈《えしゃく》する。

きれいに整《ととの》えられたベッドに竜人《りゅうど》の姿《すがた》はなかった。

「リュードね、午後《ごご》イチに病院《びょういん》、移《うつ》ったの。」

竜人《りゅうど》の姉《あね》はベッドのほうを向《む》いていた紅絹《もみ》に、てきぱきとした口調《くちょう》で伝《つた》えた。

「あ、すみません……わたし。」

挨拶《あいさつ》しようとした紅絹《もみ》を、

「桜木《さくらぎ》もみさんでしょう?」

竜人《りゅうど》の姉《あね》が素《そ》っ気《け》なく制《せい》す。

「はい……。」

「私《わたし》、竜人《りゅうど》の姉《あね》の果南《かな》です。〝南《みなみ》の果実《かじつ》〟って意味《いみ》。うちが南《みなみ》の国《くに》のフルーツを扱《あつか》ってるもんだから、こんな名前《なまえ》つけられてね。」

果南《かな》はニコリともしないでいった。

「リュードに頼《たの》まれたのよ。午後《ごご》にはきっとあなたが来《く》るから、病院移《びょういんうつ》ること、キチンと伝《つた》えてくれって。まあね、うちも病院《びょういん》がこんなとこじゃ困《こま》るから。」

責《せ》められているような口調《くちょう》に、思《おも》わず紅絹《もみ》はうつむく。

竜人《りゅうど》に借《か》りたお金《かね》を返《かえ》しに行《い》ったとき、果南《かな》とは会《あ》っている。ゴールデンレトリーバーに飛《と》びつかれ、あのとき、想志《そうし》からもらった笛《ホイッスル》を落《お》としてしまった。はじめて会《あ》ったときのやわらかな印象《いんしょう》と、果南《かな》は違《ちが》っていた。つっかかるような冷《ひ》ややかな視線《しせん》──。

「桜木さんて、あ、あ、あなただったんだ。一度《ど》、うちの前《まえ》で会《あ》ったわよね。」

果南《かな》はソファにすわる。

「……はい。」

うつむいたまま、紅絹《もみ》は答《こた》えた。果南《かな》も覚《おぼ》えていたのだ。

「あのときはリュードのファンだと思《おも》ったんだけど……桜木《さくらぎ》さんの名前《なまえ》はね、きょう、リュードに聞《き》く前《まえ》から知《し》っていたのよ。ナナミちゃんに聞《き》いてたから。」

ハッと顔《かお》を上《あ》げた紅絹《もみ》を果南《かな》が射《い》るように見《み》つめている。

「知《し》ってるでしょ？　リュードのカノジョ。ナナミちゃんもあなたに会《あ》ったっていってたけど。」

「一度《ど》。」

声《こえ》がかすれた。なんだか尋問《じんもん》されているような雰囲気《ふんいき》だ。紅絹《もみ》はそっと息《いき》を吸《す》いこんだ。

「ナナミちゃんとは家族《かぞく》ぐるみのつきあいなの、リュードが移《うつ》ったのもナナミちゃんのうちの病院《びょういん》。」

――リュードをゲットするのに四年《ねん》もかかったんだから！

ふっと、真剣《しんけん》な眼差《まなざ》しでそういった菜々実《ななみ》の表情《ひょうじょう》が浮《う》かんだ。菜々実《ななみ》は竜人《りゅうど》の家族《かぞく》とも親《した》しかったのだ。

「桜木《さくらぎ》さん、誠心館《せいしんかん》の人《ひと》なんですってね。」

果南《かなん》は組《く》んでいた脚《あし》を組《く》みかえる。紅絹《もみ》にすわるようにとはすすめなかった。

「まさか、キックやってるとか。」

「……少《すこ》しだけ、やってます。」

短《みじか》く答《こた》えるのが紅絹《もみ》はやっとだった。

「忘《わす》れてほしいのよね、リュードにはもう。」

きつい口調《くちょう》になると、果南《かなん》は窓《まど》のほうに首《くび》を向《む》けた。

「わかるでしょ、あなたが好《す》きだったって人《ひと》が死《し》んだ事故《じこ》のこと。」

瞬間《しゅんかん》、紅絹《もみ》は体《からだ》を硬《かた》くした。菜々実《ななみ》はそんなことまで竜人《りゅうど》の姉《あね》に話《はな》していたのだ。

「リュードのせいにされたらたまらないわ！」

「そんなこと思《おも》ってません！」

思《おも》わず紅絹《もみ》が返《かえ》すと、果南《かなん》が光《ひか》る目《め》でふり返《かえ》った。

「倉沢《くらさわ》さんのせいだなんて、だれも思《おも》ってません……。」

少《すこ》し声《こえ》がふるえたが、紅絹《もみ》ははっきりといった。果南《かな》は小《ちい》さく吐息《といき》をつく。

少《すこ》しの間《あいだ》、沈黙《ちんもく》が流《なが》れた。

「キックをはやくやめさせたいの。でも、リュードは人《ひと》のいうことを聞《き》く子《こ》じゃないから……私《わたし》も父《ちち》も母《はは》も、見守《みまも》るしかないのよ。」

果南《かなん》は手《て》もとを見《み》つめている。

陽当《ひあ》たりのいい竜人《りゅうど》の大《おお》きな家《いえ》。緑《みどり》と花《はな》にあふれた庭《にわ》——想志《そうし》との試合《しあい》から、倉沢家《くらさわけ》には倉沢家《くらさわけ》の哀《かな》しみが生《う》まれていたのだ。

「ナナミちゃんもすごく心配《しんぱい》してしてね、リュードが桜木《さくらぎ》さん、あなたにふり回《まわ》されてるって。」

……ふり回《まわ》されてる——?

果南《かな》の言葉《ことば》がすぐには理解《りかい》できず、紅絹《もみ》は思《おも》わず問《と》い返《かえ》すように果南《かな》を見《み》つめた。果南《かな》は敵意《てきい》のこもった眼差《まなざ》しで見《み》つめ返《かえ》してくる。

「中二《ちゅう》ですってね……でも、桜木《さくらぎ》さんはしっかりしてるみたいだから、はっきりいわせてもらうわね……あのね、あの、リュードには、もうかかわらないでほしいの。」

えっ、と紅絹《もみ》は口《くち》の中《なか》で声《こえ》をあげた。

リュードと、
かかわらないでほしい……？

「あなたの好《す》きな人《ひと》が死《し》んでしまったのは……それはつらいことだと思《おも》うわ……私《わたし》たちだって、残念《ざんねん》です……。でも、そのことでリュードを混乱《こんらん》させてほしくないの。」

（わたし……そんなつもりは……。）

くちびるがふるえる。でも、声《こえ》が出《で》てこない。

「リュードはうちでは明《あか》るくふるまってるわ……私《わたし》たちもそんな話題《わだい》は出《だ》さないし……ナミちゃんとも仲《なか》よくやっていて、以前《いぜん》のリュードに戻《もど》りつつあるって安心《あんしん》していたんだけど……ときどき、黙《だま》ってバイクで夜《よる》、出《で》かける以外《いがい》は。」

ソファから立《た》ち上《あ》がると、果南《かな》は紅絹《もみ》の前《まえ》に立《た》った。果南《かな》は、ほっそりとしていて背《せ》が高《たか》い。

「桜木《さくらぎ》さんが、呼《よ》びだしていたのね。」

「……それは――。」

ちがう、といいかけて、紅絹《もみ》は果南《かな》の視線《しせん》に押《お》され、口《くち》を閉《と》じた。

「こんな町《まち》で事故《じこ》っちゃうなんて……大事にならなくてよかった……ナナミちゃんもショックでたいへんよ。桜木《さくらぎ》さん、お願《ねが》いします。リュードを、そっとしといてやって。」

紅絹《もみ》は息《いき》をつめ、顔《かお》を上《あ》げる。果南《かな》の真剣《しんけん》な表情《ひょうじょう》が紅絹《もみ》の瞳《ひとみ》の奥《おく》で、にじんでいく。

弟《おとうと》を思《おも》う姉《あね》の表情《ひょうじょう》——。

「……倉沢《くらさわ》さんとは、ずっと会《あ》っていませんでした。」

抑揚《よくよう》のない調子《ちょうし》で、紅絹《もみ》はつぶやいていた。頭《あたま》の奥《おく》がもうろうとしてくる。

「久《ひさ》しぶりに……偶然《ぐうぜん》みたいに会《あ》っただけです……。」

「ほんとに？」

果南《かな》が疑《うたが》うように顔《かお》をしかめる。

「ほんとです……倉沢《くらさわ》さんとは……会《あ》う用事《ようじ》もないんだし……。」

「そう、そうよね。」

果南《かな》がようやくうなずいた。表情《ひょうじょう》が少《すこ》しやわらぐ。

「ごめんなさいね。あなただってつらい立場《たちば》なのに……リュードはああ見《み》えても責任感《せきにんかん》が強《つよ》いの……桜木《さくらぎ》さんにもね、必要以上《ひつよういじょう》に責《せ》めを感《かん》じてるようだから。」

責《せ》め……責任《せきにん》？

同《おな》じことを菜々実《ななみ》もいっていた。

「リュードは今《いま》、大切《たいせつ》な時《とき》なの。大学《だいがく》はロンドンに行《い》かせて、いやなことを忘《わす》れさせてやりたいってうちじゃ考《かんが》えているのよ。」

ドア口《ぐち》で紅絹《もみ》を見送《みおく》ってくれた果南《かな》からは会《あ》ったときの険《けわ》しさは少《すこ》し消《き》えていた。

果南《かな》と別《わか》れて、紅絹《もみ》はもつれるような足《あし》どりで病院《びょういん》を出《で》た。正面玄関《しょうめんげんかん》の前《まえ》に立《た》ち、傘《かさ》も開《ひら》かず紅絹《もみ》は見るともなしに夕闇《ゆうやみ》にけむる霧雨《きりさめ》を見《み》つめていた。

竜人《りゅうど》と自分《じぶん》は、やはり会《あ》ってはいけないのだ。今《いま》さらのように紅絹《もみ》は竜人《りゅうど》と自分《じぶん》の間《あいだ》に広《ひろ》がる暗《くら》く深《ふか》い淵《ふち》を感《かん》じた。

（電話《でんわ》なんかしなければ……よかった……。）

竜人《りゅうど》に心配《しんぱい》をかけるような電話《でんわ》など——。

（あのまま、わたしが連絡《れんらく》しなかったら、もう会《あ》うこともなかったよね……倉沢《くらさわ》さんだって、忘《わす》れていたのに……。）

紅絹《もみ》は、くちびるをかみしめた。

——倉沢竜人《くらさわりゅうど》には、ぜったい、電話《でんわ》をしない。
かかってきたとしても、もう出《で》ない。
今度《こんど》こそ心《こころ》に固《かた》く誓《ちか》うと、紅絹《もみ》は傘《かさ》を開《ひら》いた。
とたん、こらえきれなくなったものがあふれてきて、紅絹《もみ》は青《あお》い傘《かさ》を深《ふか》くかたむけた。

5　だから……？

紅絹《もみ》は公衆電話《こうしゅうでんわ》からのろのろとした手《て》つきでテレフォンカードを引《ひ》きぬいた。

校庭《こうてい》からみんなの騒《さわ》ぐ声《こえ》がかたまりになって、職員出入《しょくいんでい》り口《ぐち》のわきにある公衆電話《こうしゅうでんわ》にまで流《なが》れてくる。

久《ひさ》しぶりの青空《あおぞら》だった。

生絹《すずし》に電話《でんわ》をしはじめて、きょうで四日目《よっかめ》。夕方《ゆうがた》、夜《よる》、と毎日何回《まいにちなんかい》か電話《でんわ》をしている。

岡本《おかもと》の家《いえ》は留守番電話《るすばんでんわ》のままだった。紅絹《もみ》は何度《なんど》もメッセージを吹《ふ》きこんだが、桜木《さくらぎ》の家《いえ》に返事《へんじ》が返《かえ》ってくることはなかった。

思《おも》いあまって、紅絹《もみ》は学校《がっこう》からもかけてみることにしたのだ。朝《あさ》と昼休《ひるやす》み。きのうも二回《かい》かけてみたが、留守番電話《るすばんでんわ》の応答《おうとう》は変《か》わらなかった。

けさも、そして、今《いま》、昼休《ひるやす》みも――。

(おばあちゃんまでいないなんて……何《なに》かあったのかしら……。)

岡本《おかもと》の家《いえ》には、だれもいないのだろうか。

(だったら、スゥちゃんはどこにいるの？)

不安《ふあん》で胸《むね》が押《お》しつぶされそうになる。

祖父《そふ》の岡本充敏《おかもとみつとし》の会社《かいしゃ》に電話《でんわ》をしたら、何《なに》かわかるかもしれない。そう思《おも》いながら紅絹《もみ》は祖父《そふ》に連絡《れんらく》をできずにいた。祖父《そふ》の充敏《みつとし》には一度《ど》、借金《しゃっきん》を申《もう》しこんで冷《つめ》たくあしらわれた苦《にが》い経験《けいけん》がある。想志《そうし》の入院費《にゅういんひ》を借《か》りたかったのに、祖父《そふ》は理由《りゆう》さえ聞《き》かず、桜木《さくらぎ》の祖《そ》母《ぼ》の差《さ》し金《がね》だと思《おも》いこんだ。その後《ご》、祖父《そふ》は百万円《まんえん》もの小切手《こぎって》を送《おく》ってきたが、桜木《さくらぎ》の祖《そ》母《ぼ》が送《おく》り返《かえ》したはずだ。

祖父《そふ》と話《はな》したくはないが、もうそれしか生絹《すずし》の消息《しょうそく》を知《し》る方法《ほうほう》はないかもしれない
――。

公衆電話《こうしゅうでんわ》の前《まえ》でぼんやりとしていた紅絹《もみ》は、

「だれに電話《でんわ》してんのォ？」

さぐるような声《こえ》に、ハッとふり返《かえ》った。

梅宮弥生《うめみややよい》が石谷美沙子《いしたにみさこ》と三角《みすみ》さんと仲《なか》よく並《なら》んでいる。二年生《ねんせい》になって三人《にん》ともクラスは別々《べつべつ》になったが、昼休《ひるやす》みには集《あつ》まっておしゃべりをしているようだ。

「カレシでしょ？　あたし、見《み》ちゃったんだァ。」

梅宮《うめみや》さんが、意味《いみ》あり気《げ》な目《め》つきをした。

「川《かわ》のほとりをいいムードで二人《ふたり》で歩《ある》いてたよね、あのすごーくかっこいい人《ひと》、だぁれ？」

梅宮《うめみや》さんが紅絹《もみ》をのぞきこむと、石谷《いしたに》さんと三角《みすみ》さんが、わーッと大声《おおごえ》ではやしたてた。

「あ、知《し》りあいなの……あの、ちょっと知《し》ってる人《ひと》。」

赤《あか》くなっていくのが自分《じぶん》でもわかった。そんな説明《せつめい》ではとても梅宮《うめみや》さんたちを納得《なっとく》させられない。

紅絹《もみ》はうろたえていた。

竜人《りゅうど》と会《あ》っているのを梅宮《うめみや》さんに見《み》られてしまった。まさかほかのだれかにも見《み》られてはいないだろうか——。

「いーじゃない、かくさなくたってェ。」

石谷《いしたに》さんが意地《いじ》の悪《わる》い目《め》つきになる。

「大人《おとな》っぽかったけど、高校生《こうこうせい》？」

梅宮《うめみや》さんがまたさぐりを入《い》れてきた。

「えーッ、もみって高校生《こうこうせい》とつきあってるのォ⁉︎」

石谷《いしたに》さんと三角《みすみ》さんが、おおげさに驚《おどろ》いてみせる。

「ちがうの……ほんとに関係《かんけい》ないの。」

紅絹《もみ》は困《こま》りはて、硬《かた》い声《こえ》でいいわけをいった。

関係《かんけい》ないのだ。もう、竜人《りゅうど》とは、ほんとうに——。

携帯電話《けいたいでんわ》は今度《こんど》こそたんすの奥深《おくふか》くしまいこんだ。菜々実《ななみ》の家《いえ》の病院《びょういん》に移《うつ》り、今《いま》ごろ竜《りゅう》人《ど》は手厚《てあつ》い看護《かんご》を受《う》けているのだろう。

「もみってヒミツ主義《しゅぎ》なんだねーッ。」

「いってくれたっていいのにねぇ。」

梅宮《うめみや》さんと石谷《いしたに》さんはつまらなそうに口《くち》をとがらせながら紅絹《もみ》に背《せ》を向《む》け、階段《かいだん》をのぼっていく。三角《みすみ》さんもあとからつづいた。

公衆電話《こうしゅうでんわ》の前《まえ》で、紅絹《もみ》は少《すこ》しの間《あいだ》ぼんやりとしていた。

この数日《すうじつ》の間《あいだ》、紅絹《もみ》は竜人《りゅうど》のことを思《おも》い出《だ》さないようにしていた。

——リュードには、もうかかわらないでほしいの。

思《おも》い出《だ》すと、必《かなら》ず果南《かな》の声《こえ》が心《こころ》におおいかぶさってきた。

紅絹《もみ》だって、かかわりたくなかった。竜人《りゅうど》にはずっと。そう思《おも》ってきたのに——。

紅絹《もみ》はわいてきた思《おも》いをふりはらうように階段《かいだん》をのぼりはじめた。そろそろ昼休《ひるやす》みが終《お》わる時間《じかん》だ。

三階《がい》の階段《かいだん》をのぼろうとして、

「桜木《さくらぎ》さんて、おとなしい感《かん》じなのにね。へェ、高校生《こうこうせい》とォ？」

おどり場《ば》で女《おんな》の子《こ》の声《こえ》がして、紅絹《もみ》はハッと足《あし》を止《と》めた。

「見《み》かけだけじゃわかんないしィ。」

石谷《いしたに》さんの声《こえ》だった。

「きつい子《こ》だよね、桜木《さくらぎ》って。」

梅宮《うめみや》さんたちが、階段《かいだん》のおどり場《ば》に集《あつ》まった女《おんな》の子《こ》たちと紅絹《もみ》のうわさをしている。

「桜木《さくらぎ》のお母《かあ》さんもおとなしい感《かん》じだったんでしょ、ね、三角《みすみ》さん。」

「うん、週刊誌《しゅうかんし》じゃね。それでいて浮気《うわき》ばっかしてたんだってよ。」

(お母《かあ》さんは、浮気者《うわきもの》なんかじゃない！)

カッと勢《いきお》いこんで階段《かいだん》を駆《か》けのぼろうとした紅絹《もみ》の肩《かた》を、

「桜木《さくらぎ》さん、クールダウン！」

突然《とつぜん》、林田雅子《はやしだまさこ》がおさえた。

チャイムが鳴《な》っている。階段《かいだん》が急《きゅう》に騒《さわ》がしくなった。生徒《せいと》たちが紅絹《もみ》と林田《はやしだ》さんを足《あし》ばやに追《お》いこしていく。

クールダウン――落《お》ちついて。林田《はやしだ》さんの冷静《れいせい》な一言《ひとこと》で、紅絹《もみ》は我《われ》に返《かえ》った。

「女《おんな》どものバカな挑発《ちょうはつ》にのるんじゃないの。」

林田《はやしだ》さんはやっと紅絹《もみ》の肩《かた》から手《て》をはなした。

「挑発《ちょうはつ》……？」

「聞《き》かせたかったのよ、梅宮《うめみや》たちは桜木《さくらぎ》さんに。」

「わざわざ……？」

「女《おんな》はいやらしいからね。」

林田《はやしだ》さんは自分《じぶん》が〝女性《じょせい》〟ではないようないい方《かた》をする。林田《はやしだ》さんと紅絹《もみ》はゆっくりと階段《かいだん》をのぼりはじめた。

「梅宮《うめみや》たち、桜木《さくらぎ》さんを思《おも》いどおりに扱《あつか》えないいんでくやしくてたまらないのよ。不登校《ふとうこう》だったのに自分《じぶん》たちより成績《せいせき》いいし、モテてるようだし、上級生《じょうきゅうせい》はなぐり倒《たお》しちゃうし。」

「林田《はやしだ》さん、知《し》ってるの!?」

驚《おどろ》いて、紅絹《もみ》は階段《かいだん》の途中《とちゅう》で足《あし》を止《と》めた。

「有名《ゆうめい》だよ。西内《にしうち》って三年生《ねんせい》でしょ？　桜木《さくらぎ》さんになぐられて、しかえししようと呼《よ》びだしたのに、またのされちゃったって。」

「えっ？　それは——。」

少《すこ》しちがう、と思《おも》ったが、紅絹《もみ》は訂正《ていせい》しなかった。

「有名《ゆうめい》って……あの、わたしの、事件《じけん》も……。」

思《おも》わず紅絹《もみ》が口走《くちばし》ると、

「知《し》ってる子《こ》は多《おお》いよ。」

事《こと》もなげに林田《はやしだ》さんはいった。

「だから?」

「えっ?」

「親《おや》と子《こ》は別《べつ》の人格《じんかく》でしょ? それについてなにかいわれたら、〝だから?〟っていってやりゃいいのよ。」

林田《はやしだ》さんはニコリともしないでそういうと、先《さき》に廊下《ろうか》を歩《ある》いていく。紅絹《もみ》は、林田雅子《はやしだまさこ》が背筋《せすじ》をのばして三組《くみ》の教室《きょうしつ》に入《はい》っていくのを、すがすがしい思《おも》いで見《み》つめていた。

紅絹《もみ》が学校《がっこう》で〝事件《じけん》〟のことを口《くち》にしたのは、はじめてだった。林田雅子《はやしだまさこ》は正面《しょうめん》から受《う》けとめ、〝だから?〟といってくれた。

確《たし》かに事件《じけん》を起《お》こしたのは〝親《おや》〟だ。

だから、なんだっていうの――!?

林田《はやしだ》さんは、うるさい子《こ》たちにはそういい返《かえ》してやれ、とはげましてくれたのだ。

(林田《はやしだ》さんもつらい思《おも》いしてきたのかな……。)

梅宮《うめみや》さんによると、林田《はやしだ》さんには父親《ちちおや》がいないらしい。未婚《みこん》の母《はは》だって——と、梅宮《うめみや》さんは小声《こごえ》でうわさしていた。

——だから?

——だから?

心《こころ》の中《なか》で紅絹《もみ》はつぶやいてみる。

林田《はやしだ》さんがくれたその言葉《ことば》を呪文《じゅもん》にすれば、いやなうわさなど乗《の》りこえられるかもしれない。

家《いえ》に帰《かえ》り、紅絹《もみ》は誠心館《せいしんかん》にトレーニングに行《い》った。ジムに行《い》くのがなんとなく気《き》が重《おも》い。

竜人《りゅうど》に会《あ》っていたこと——それを関根《せきね》さんにも知《し》られてしまった。

事故《じこ》にあった竜人《りゅうど》を見舞《みま》った帰《かえ》り、関根《せきね》さんは何度《なんど》も、

「なんであのヤローがケガしたからって、もみちゃんが病院《びょういん》に行《い》かなきゃなんないんだ。」

祖母《そぼ》にそういっては、話《はなし》をそらされていた。

関根《せきね》さんにしてみれば、竜人《りゅうど》がこの町《まち》で事故《じこ》にあったことも、その連絡《れんらく》が紅絹《もみ》に来《き》たことも不可解《ふかかい》でならないらしい。

竜人《りゅうど》と会《あ》っていたことは、人《ひと》にとがめられるようなことではないはずだ。

けれど、関根《せきね》さんは今《いま》でも〝倉沢竜人《くらさわりゅうど》〟に憎《にく》しみを抱《いだ》いているのを感《かん》じる。

想志《そうし》を倒《たお》した竜人《りゅうど》。竜人《りゅうど》のとどめのハイキックが決《き》まらなかったら——。

「あいつ、足《あし》ケガしやがって、ザマミロだ。」

関根《せきね》さんはそうも口走《くちばし》って、祖母《そぼ》にとがめられていた。

——リュードはそんないやなやつじゃない……。リュードだって……すごく苦《くる》しんでいるのよ。

関根《せきね》さんにそういってやりたい。けれど、紅絹《もみ》はうつむいたまま何《なに》もいえなかった。

祖母《そぼ》は——きっと何《なに》かを感《かん》じている。竜人《りゅうど》と紅絹《もみ》の間《あいだ》に流《なが》れている切《せつ》なくてあやうい感《かん》情《じょう》。祖母《そぼ》はそれを感《かん》じとり、そっと見守《みまも》ってくれている。

けれど、誠心館《せいしんかん》の人《ひと》たちはどう思《おも》うだろう。宮重《みやしげ》さんや、国松《くにまつ》さん、そして長崎会長《ながさきかいちょう》が知《し》ったら——。

紅絹《もみ》は後《うし》ろめたい気持《きも》ちになってくる自分《じぶん》にいらだっていた。

佐久正範《さくまさのり》とトレーニングをしていて、思《おも》いきり佐久《さく》くんがかまえていたパンチングミットに打《う》ちこみ、

「すげーパンチ！　さーすが、師匠《ししょう》！」

紅絹《もみ》を〝師匠《ししょう》〟とあがめる佐久《さく》くんにまた尊敬《そんけい》されてしまった。

ジムから戻《もど》るころ、おでん屋《や》〝きよ〟の提灯《ちょうちん》がうす闇《やみ》に浮《う》かんでいた。紅絹《もみ》が裏口《うらぐち》から家《いえ》に入《はい》り、声《こえ》をかけると、祖母《そぼ》が客《きゃく》に断《ことわ》って引《ひ》き戸《ど》を開《あ》けて、和室《わしつ》に入《はい》ってきた。

「もみ、あの子《こ》から電話《でんわ》があったよ……倉沢《くらさわ》って子《こ》。」

紅絹《もみ》は思《おも》わず祖母《そぼ》から顔《かお》をそむけた。

「まだ入院《にゅういん》してるらしいよ。」

ビクッと紅絹《もみ》はまた祖母《そぼ》を見《み》る。

「でも元気《げんき》そうな声《こえ》だった、ケガもたいしたことないんだって。」

紅絹《もみ》はほっとして小《ちい》さくうなずいた。

「迷惑《めいわく》かけたって、きちんとおわびいわれてね……それで、あの、もみの携帯電話《けいたいでんわ》が通《つう》じないって心配《しんぱい》してたけど。」

紅絹《もみ》が黙《だま》っていると、

「電話《でんわ》、こわれたのかい？」

祖母《そぼ》が遠慮《えんりょ》がちにたずねてくる。

「なんだか、スゥちゃんとこにかけるのも、ここの電話使《でんわつか》ってるようだし……。」

「もう、携帯電話《けいたいでんわ》、必要《ひつよう》ないから……。」

うつむいたまま紅絹《もみ》はいった。

「スゥちゃんも携帯《けいたい》には連絡《れんらく》くれないし……それに……。」

紅絹《もみ》は決心《けっしん》して、祖母《そぼ》を見《み》た。

「倉沢《くらさわ》さんから電話《でんわ》があっても、わたし、出《で》たくないの……。お願《ねが》い、おばあちゃん、今《こん》度電話《どでんわ》あっても、取《と》りつがないで。わたし……出《で》られないっていってほしいの。」

「私《わたし》がかい？」

困《こま》ったように祖母《そぼ》は目《め》をしばたたいた。

「ごめんなさい……わたし、自分《じぶん》ではうまくいえないから。」

語尾《ごび》が消《き》えそうになる。紅絹《もみ》は必死《ひっし》で感情《かんじょう》をおさえた。

祖母《そぼ》はため息《いき》をつくと、いたわりのこもった眼差《まなざ》しを紅絹《もみ》に向《む》けた。

「二人《ふたり》ともつらい思《おも》いをしてきたんだから、二人《ふたり》にしかわからないこともあるんじゃないかと思《おも》ったんだけどね。」

祖母《そぼ》のやさしい口調《くちょう》に、紅絹《もみ》の肩《かた》がふうっと下《さ》がった。

「倉沢《くらさわ》さんは、わたしに責任《せきにん》を……すまないと思《おも》ってるみたいなの……。わたしと会《あ》わなければ、はやくつらいこと忘《わす》れられる……。見《み》かけより……ずっといい人《ひと》だから。」

「そんないい人《ひと》に、取《と》りつがないっていうなんて、いやな役目《やくめ》だねぇ。」

わざとはずみをつけて、祖母《そぼ》はそういって笑《わら》った。

「……ごめんなさい。」

しょんぼりした紅絹《もみ》に、

「元気《げんき》をお出《だ》し、もみ、明日《あした》は誕生日《たんじょうび》じゃないか。十四歳《さい》になるんだね。はやいもんだ、私《わたし》も年《とし》をとるわけだよ。」
祖母《そぼ》は明《あか》るく笑《わら》いかけて、店《みせ》に戻《もど》っていった。
忘《わす》れていた。
明日《あした》は六月《がつ》二十七日《にち》。自分《じぶん》の誕生日《たんじょうび》だったのだ。

6　誕生日《たんじょうび》のあと

（十四歳《さい》になったよ、そうちゃん……。）

その朝《あさ》、制服《せいふく》に着《き》がえると、紅絹《もみ》は想志《そうし》のカレンダーの前《まえ》に立《た》った。

（きょうから三つちがいだね。）

想志《そうし》の誕生日《たんじょうび》は七月二日《がつふつか》。去年《きょねん》、十三歳《さい》になったとき、ほんの少《すこ》しの間《あいだ》だけ想志《そうし》に近《ちか》づけたようでうれしかった。一つでも年《とし》が近《ちか》づけばそれだけ想志《そうし》が対等《たいとう》に見《み》てくれるような気《き》がして。

止《と》まってしまった時間《じかん》。五日後《いつかご》、七月二日《がつふつか》が来《き》ても想志《そうし》は〝十七歳《さい》〟のままだ。

（わたし、そうちゃんを追《お》いこして年《とし》をとってしまうのね……。）

紅絹《もみ》は小《ち》さく息《いき》をつくと、カレンダーの前《まえ》からはなれた。

ゆうべはもう、倉沢竜人《くらさわりゅうど》から連絡《れんらく》はなかった。そして——やはり、岡本《おかもと》の家《いえ》は留守番電《るすばんでん》話《わ》になったまま……。

(朝《あさ》、学校《がっこう》から電話《でんわ》してもいなかったら、やっぱり、おじいちゃんにかけるしかないよね。)

考《かん》えこみながら学校《がっこう》に着《つ》いた紅絹《もみ》は、ゲタ箱《ばこ》を開《あ》けてハッとした。

上《うわ》ばきが、ない。

こういった光景《こうけい》を、学校《がっこう》に行《い》けなかった間《あいだ》、紅絹《もみ》はいく度《ど》も想像《そうぞう》した。テレビドラマなどでの〝いじめ〟のはじまりによく見《み》かけた。

学校《がっこう》に行《い》く決心《けっしん》をしたとき、心《こころ》のどこかで——こういうこともあるかも、と覚悟《かくご》していたはずなのに、現実《げんじつ》に起《お》こってみると、紅絹《もみ》はひどく動揺《どうよう》していた。見《み》えない悪意《あくい》に胸《むね》が圧迫《あっぱく》され、苦《くる》しくなってくる。

(……〝だから？〟)

紅絹《もみ》は心《こころ》の奥《おく》で、救《すく》いを求《もと》めるようにつぶやいた。

(ただ、上《うわ》ばきが消《き》えただけじゃないの……だから、さがせばいいだけよ。)

林田《はやしだ》さんがくれた〝呪文《じゅもん》〟にはげまされて、紅絹《もみ》は平静《へいせい》をよそおうと、上《うわ》ばきをさがし回《まわ》った。

「あれッ？　上《うわ》ばきがないのォ？」

梅宮弥生《うめみややよい》に声《こえ》をかけられたとき、紅絹《もみ》は驚《おどろ》いて思《おも》わず見返《みかえ》していた。上《うわ》ばきをかくしたのは梅宮《うめみや》さんたちだと、とっさにひらめいていたから。

「……そうなの。」

疑《うたが》って悪《わる》かったのだろうか——紅絹《もみ》が困惑《こんわく》したとき、二組《くみ》のゲタ箱《ばこ》のほうから、佐久《さく》くんが飛《と》びだしてきた。

「こ、この上《うわ》ばき、師《し》……桜木《さくらぎ》さんのじゃないですか？」

佐久《さく》くんはうろたえたように紅絹《もみ》の上《うわ》ばきをさしだす。

「やだァ、佐久《さく》がかくしたのォ？」

梅宮《うめみや》さんがいやみっぽく口《くち》をとがらせた。

「えーッ、佐久《さく》がもみの上《うわ》ばき、かくしたってェ？」

申《もう》しあわせたように、二組《くみ》のゲタ箱《ばこ》から石谷《いしたに》さんも近寄《ちかよ》ってきた。

「そ、そんなこと、して、してないよ！　さっき、ゲタ箱開《ばこあ》けたら、入《はい》ってて――。」

佐久《さく》くんはまっ赤《か》になって弁明《べんめい》している。

「佐久《さく》くん、ごめんね。」

紅絹《もみ》は佐久《さく》くんを安心《あんしん》させるようにうなずいて、上《うわ》ばきを受《う》け取《と》った。こういうときにこそ〝師匠《ししょう》〟の威厳《いげん》を見《み》せなければ。

「佐久《さく》くんがかくしたなんて思《おも》ってないから。」

紅絹《もみ》は無理《むり》に笑顔《えがお》をつくると、上《うわ》ばきにはきかえる。

「えーッ、それはくのォ？　佐久《さく》のバイキンがうつっちゃうよォ。」

石谷《いしたに》さんが顔《かお》をしかめた。

「佐久《さく》くんのローキック、このごろ決《き》まってるからね、その〝ローキック菌《きん》〟がうつると、わたしももっと強《つよ》くなれるかも。」

自分《じぶん》をはげますように紅絹《もみ》はせいいっぱいいい返《かえ》した。

梅宮《うめみや》さんも石谷《いしたに》さんも、そんな紅絹《もみ》の反応《はんのう》にあからさまに不快《ふかい》な表情《ひょうじょう》を浮《う》かべている。

佐久正範《さくまさのり》はみんなから無視《むし》されていた。二年生《ねんせい》になってクラスが変《か》わっても同《おな》じらしい。その佐久《さく》くんをかばうことはタブーなのだ。それを知《し》っているから、佐久《さく》くんは気《き》をつかって、学校《がっこう》では紅絹《もみ》に距離《きょり》を置《お》いていた。

「へーえ、佐久《さく》なんかとキックやってんだァ。」

「キモいよねーッ。」

教室《きょうしつ》に向《む》かいはじめた紅絹《もみ》の背後《はいご》から、石谷《いしたに》さんたちの声《こえ》が追《お》ってくる。紅絹《もみ》は背筋《せすじ》をのばした。

（……だ、か、ら？）

胸《むね》の奥《おく》でくり返《かえ》す。

今《いま》まで、表面的《ひょうめんてき》には紅絹《もみ》は梅宮《うめみや》さんたちと親《した》しげにふるまってきた。裏《うら》で梅宮《うめみや》さんたちが自分《じぶん》の陰口《かげぐち》をいっているのを知《し》っていたのに。心《こころ》のどこかで、紅絹《もみ》は梅宮《うめみや》さんたちに〝ハブられる〟のがこわかったのだ。

（無理《むり》に友《とも》だちつくらなくたっていいのよね。）

林田《はやしだ》さんは、紅絹《もみ》を〝強《つよ》い〟といってくれた。

（ほんとうに強《つよ》くなりたい……。）

つらいことにめげない心《こころ》、悲《かな》しみを受《う》けとめても、バネのようにたわんではじき返《かえ》せるような——想志《そうし》がめざしていたのも、そんな強《つよ》さだったのかもしれない。

家《いえ》に帰《かえ》ると、祖母《そぼ》が紅絹《もみ》の好《す》きな五目《ごもく》ご飯《はん》や唐《から》あげなど、ごちそうを作《つく》って待《ま》っていた。バースデイケーキを買《か》ってくるのは関根《せきね》さんの役目《やくめ》だったらしい。店《みせ》を開《あ》ける前《まえ》に、祖母《そぼ》たちは紅絹《もみ》の誕生日《たんじょうび》を祝《いわ》おうと準備《じゅんび》していたようだ。

祖母《そぼ》の贈《おく》り物《もの》は〝なんにでも化《ば》ける魔法《まほう》の紙《かみ》〟——おこづかい、一万円《まんえん》。

仙台《せんだい》の倫子《みちこ》おばさんからは電子辞書《でんしじしょ》のプレゼントが届《とど》いていた。

「みっちゃんはさすがだなァ。思《おも》いつかなかったよ、おじさんはこんなもんしかなァ。」

関根《せきね》さんがはにかみながらさしだした包《つつ》みには、デニムのポシェットが入《はい》っていた。

さっぱりしたデザインだが、ポケットについたボタンの飾《かざ》りがかわいらしい。

「ありがとう！　おじさん、センスいいのね！」

紅絹《もみ》が歓声《かんせい》をあげると、関根《せきね》さんはうれしそうに目《め》を細《ほそ》めた。

「なんにしようかって、売《う》り場《ば》で悩《なや》みに悩《なや》んで、近《ちか》くにいた高校生《こうこうせい》に思《おも》いきって相談《そうだん》したんだよ。」

「女子高生《じょしこうせい》に話《はな》しかけるなんて、関根《せきね》さん、きっと清水《きよみず》の舞台《ぶたい》から飛《と》びおりる気持《きも》ちだったろうよ。」

祖母《そぼ》にからかわれて、関根《せきね》さんはそのときのことを思《おも》い出《だ》したのか、ゆでダコのように赤《あか》くなっている。せまい和室《わしつ》に笑《わら》い声《ごえ》がはじけた。笑《わら》いながら紅絹《もみ》の胸《むね》はジンとしてくる。

――かけがえのない他人《たにん》。

いつか祖母《そぼ》がいった言葉《ことば》を、紅絹《もみ》は関根《せきね》さんと笑《わら》いあいながら心《こころ》の中《なか》でつぶやいていた。

生絹《すずし》がここにいたら――きっと、関根《せきね》さんは紅絹《もみ》と同《おな》じようにやさしく気《き》を配《くば》ってくれただろう。

(バースデイケーキは、スゥちゃんの好《す》きなショートケーキだよ。前《まえ》みたいにいちごの取《と》りあいしたいのに……。)

上《うわ》ばき騒動《そうどう》の上《うえ》に昼休《ひるやす》みは委員会《いいんかい》の集《あつ》まりがあって、きょうはまだ岡本《おかもと》の家《いえ》に電話《でんわ》をし

ていない。今夜《こんや》も留守番電話《るすばんでんわ》だったら、明日《あした》こそ祖父《そふ》の充敏《みつとし》に電話《でんわ》をしなくては——。

祖母《そぼ》と関根《せきね》さんに誕生日《たんじょうび》を祝《いわ》ってもらい、はやめの夕食《ゆうしょく》をすませると、紅絹《もみ》は二階《かい》で勉強《べんきょう》をはじめた。期末《きまつ》テストでも、塾《じゅく》に行《い》っている梅宮《うめみや》さんたちよりいい成績《せいせき》をとりたい。

階下《かいか》のおでん屋《や》でいい争《あらそ》う声《こえ》が聞《き》こえてきたのは、夜《よる》の八時《じ》すぎ——紅絹《もみ》がそろそろ岡本《おかもと》の家《いえ》に電話《でんわ》をしようと思《おも》っていたときだった。

「なんでかくす必要《ひつよう》があるんですか!?」

祖母《そぼ》のかん高《だか》い声《こえ》が二階《かい》にまで、ひびいてくる。何事《なにごと》かと紅絹《もみ》が階段《かいだん》を下《お》りかけると、

「一応《いちおう》、調《しら》べさせてください。」

祖父《そふ》の充敏《みつとし》に似《に》た低《ひく》いこの声《こえ》は——。

「どうぞご勝手《かって》に！」

祖母《そぼ》が激《はげ》しくいい捨《す》てている。

バタバタと足音《あしおと》がして、だれかが階段《かいだん》に向《む》かってくる。

「タツおじさん！」

足早《あしばや》に階段《かいだん》をのぼりかけていた伯父《おじ》の敏達《としたつ》の足《あし》が途中《とちゅう》で止《と》まった。

「もみちゃん！」

久《ひさ》しぶりに会《あ》う母《はは》の兄《あに》、敏達《としたつ》はいきなり、

「スゥ、来《き》てるんだろ？　ここにいるんだよね！」

挨拶《あいさつ》もしないで叫《さけ》んだ。

瞬間《しゅんかん》、紅絹《もみ》の全身《ぜんしん》が凍《こお》りついた。

「どうして⁉　スゥちゃんが、なんで、うちに⁉」

思《おも》わず、大声《おおごえ》をあげた紅絹《もみ》の反応《はんのう》に、敏達《としたつ》はハッと口《くち》を一文字《いちもんじ》に引《ひ》いた。それでも勢《いきお》いよく階段《かいだん》を上《あ》がってくると、紅絹《もみ》を押《お》しのけるようにして部屋《へや》に入《はい》りこむ。

「タツおじさん！　スゥちゃんが、どうしたのよ⁉」

紅絹《もみ》の問《と》いには答《こた》えず、敏達《としたつ》は廊下《ろうか》に出《で》て父《ちち》の部屋《へや》にも勝手《かって》に入《はい》っていく。

「来《き》てないものは、来《き》てませんよ！」

いつのまにか祖母《そぼ》も関根《せきね》さんと二階《かい》に上《あ》がってきていた。

「いきなり、失礼《しつれい》ってもんじゃないかね！」

関根《せきね》さんも父《ちち》の部屋《へや》から出《で》てきた敏達《としたつ》に語気《ごき》荒《あら》くいった。

「……すみません。」

敏達《としたつ》は頭《あたま》を下《さ》げたが、紅絹《もみ》の部屋《へや》をまだ疑《うたが》い深《ぶか》そうに見回《みまわ》している。

「タツおじさん！　スゥちゃんがどうしたのよ！」

紅絹《もみ》は敏達《としたつ》の背広《せびろ》につかみかからんばかりになって叫《さけ》んだ。不安《ふあん》で胸《むね》がはじけそう
――。

「……スゥが、桜木《さくらぎ》の家《いえ》に行《い》ってるっていったもんで。」

敏達《としたつ》は困《こま》りきったようにめがねに手《て》を当《あ》てた。

「父《ちち》と母《はは》がヨーロッパに行《い》っている間《あいだ》に、スゥをうちであずかってたんだ……先週《せんしゅう》の土曜《どよう》日《び》、スゥはうちより桜木《さくらぎ》のほうがもみちゃんもいるから、っていってね。」

「スゥちゃん、うちには来《き》てません！」

紅絹《もみ》は悲痛《ひつう》な声《こえ》をあげた。

これで二度目《どめ》だ。今年《ことし》の正月《しょうがつ》も生絹《すずし》は祖父母《そふぼ》と温泉《おんせん》に行《い》きたくなくて、桜木《さくらぎ》の家《いえ》に行《い》くといって友《とも》だちとすごしたらしい。

「まさか、スゥがうそをつくなんて――。」

敏達《としたつ》は紅絹《もみ》の机《つくえ》の前《まえ》のいすに、がっくりとすわりこんだ。

「スゥは学校《がっこう》にも行《い》ってないし、私《わたし》たちも仕事《しごと》があるから一日《いちにち》じゅうスゥを見張《みは》ってるわけにもいかないからね。桜木《さくらぎ》さんとこなら安心《あんしん》だと思《おも》って……。」

「それで、スゥちゃんは!?」

衝撃《しょうげき》のあまり、紅絹《もみ》の声《こえ》がかすれた。

「だから、ここにいるとばっかり……午後《ごご》、父《ちち》たちが帰国《きこく》してきて、留守電《るすでん》聞《き》いてあわてふためいてね。」

——これからひとりでやっていきます。心配《しんぱい》しないで。

留守電《るすでん》には紅絹《もみ》だけでなく生絹《すずし》のそんなメッセージも残《のこ》されていたのだ。

「ひどいよ！　タツおじさん！」

紅絹《もみ》は敏達《としたつ》にくってかかった。

「スゥちゃんはどこに行《い》ったのよ!?　なんで今《いま》までほっといたのッ!?　ひどいよ！　……どこに行《い》ったのよ、スゥちゃんは！」

紅絹《もみ》は泣《な》きながら敏達《としたつ》につめ寄《よ》った。

7　生絹《すずし》は本気《ほんき》で――

敏達《としたつ》は車《くるま》のハンドルをにぎりしめたまま、にらむように前方《ぜんぽう》を見《み》つめて運転《うんてん》していた。対向車《たいこうしゃ》のヘッドライトが敏達《としたつ》の険《けわ》しい横顔《よこがお》を照《て》らしだしていく。

母《はは》より五歳年上《さいとしうえ》の敏達《としたつ》は四十五歳《さい》くらい――いや、母《はは》が亡《な》くなって一年以上《ねんいじょう》たつから四十六、七歳《さい》になったのかもしれない。父《ちち》の英悟《えいご》より年上《としうえ》だが、父《ちち》より若《わか》く見《み》える。敏達《としたつ》はますます祖父《そふ》の充敏《みつとし》に頑固《がんこ》そうな風貌《ふうぼう》が似《に》てきていた。

紅絹《もみ》は敏達《としたつ》とも子供《こども》のころから親《した》しく口《くち》をきいたことがない。敏達《としたつ》は子供《こども》には関心《かんしん》がないらしく、話《はな》しかけるのもこわい気《き》がした。三十代後半《だいこうはん》で結婚《けっこん》した晶《あき》との間《あいだ》にも、子供《こども》はいない。ほしいとも思《おも》わないようだった。

紅絹《もみ》は助手席《じょしゅせき》で紙袋《かみぶくろ》をかかえ、体《からだ》を硬《かた》くしていた。

紙袋《かみぶくろ》の中《なか》には祖母《そぼ》がタッパーにつめてくれたおでんと五目《ごもく》ご飯《はん》が入《はい》っていた。

ヨーロッパから帰《かえ》ってすぐに、生絹《すずし》がいなくなったことを知《し》った岡本《おかもと》の祖母《そぼ》は、寝《ね》こんでしまったらしい。岡本《おかもと》の祖母《そぼ》は血圧《けつあつ》が高《たか》いのだ。

敏達《としたつ》は桜木《さくらぎ》の家《いえ》から自分《じぶん》の携帯電話《けいたいでんわ》で、ほんとうに生絹《すずし》は来《き》ていなかった、と報告《ほうこく》していた。桜木《さくらぎ》の祖母《そぼ》は憮然《ぶぜん》としてその電話《でんわ》でのやりとりを聞《き》いていた。岡本《おかもと》の家《いえ》の人《ひと》たちはやはり桜木《さくらぎ》の祖母《そぼ》を──紅絹《もみ》のことまでも信用《しんよう》していないのだ。

そのくせに、岡本《おかもと》の祖母《そぼ》、律子《りつこ》は〝紅絹《もみ》を連《つ》れてきてほしい。〟と敏達《としたつ》に頼《たの》んだようだ。

「もみは明日《あした》も学校《がっこう》があるんですよ。」

桜木《さくらぎ》の祖母《そぼ》、キヨ子《こ》は不快《ふかい》そうに敏達《としたつ》に返《かえ》していたが、紅絹《もみ》はすぐに、行《い》こうと決心《けっしん》していた。

律子《りつこ》は紅絹《もみ》に会《あ》って生絹《すずし》のことを聞《き》きたいのだ。それは、紅絹《もみ》も同《おな》じだった。生絹《すずし》のことを少《すこ》しでも知《し》りたかった。

(スゥちゃん、どこに行《い》ったの……?)

不安《ふあん》で胃《い》のあたりが痛《いた》くなってくる。

紅絹《もみ》はひざの紙袋《かみぶくろ》を抱《だ》きしめた。おでんのぬくもりが紙袋《かみぶくろ》を通《とお》してひざに伝《つた》わっていた。

岡本《おかもと》の家《いえ》には行《い》かせたくない——あからさまにそんな表情《ひょうじょう》をしていたキヨ子《こ》なのに、紅絹《もみ》の決心《けっしん》を知《し》ると、タッパーにおでんなどをつめて持《も》たせてくれた。

「長旅《ながたび》から帰《かえ》られたばかりだっていうからね……食《た》べてくれなくてもいいんだから。」

そういったキヨ子《こ》の目《め》からは、すでに憤慨《ふんがい》の色《いろ》は消《き》え、引《ひ》け目《め》を感《かん》じている様子《ようす》が伝《つた》わってくる。どんなに失礼《しつれい》な態度《たいど》をとられても、岡本《おかもと》の祖母《そぼ》たちには目《め》を伏《ふ》せてしまう祖《そ》母《ぼ》のキヨ子《こ》が、紅絹《もみ》は気《き》の毒《どく》な気《き》がした。

(お父《とう》さんがやったことは、おばあちゃんは関係《かんけい》ないのに……。)

家族《かぞく》の一人《ひとり》の罪《つみ》——それは、家族全員《かぞくぜんいん》の責任《せきにん》になってしまうのだろうか。紅絹《もみ》がぼんやりと目《め》のはしを流《なが》れていく街灯《がいとう》を見《み》つめていると、

「きょうは突然《とつぜん》で悪《わる》かったね、もみちゃん。」

敏達《としたつ》がやっと話《はな》しかけてきた。桜木《さくらぎ》の家《いえ》を出発《しゅっぱつ》してから三十分以上《ぷんいじょう》たっている。

「……いえ。」

紅絹《もみ》は消えそうな声《こえ》で答《こた》えた。

「おふくろ……おばあちゃん、かなりまいってってね、ずっとたいへんだったから……おやじが仕事《しごと》でミラノに行《い》くことになって、むりやり連《つ》れだしたんだ。」

「スゥちゃんを置《お》いて?」

思《おも》わず責《せ》めるようないい方《かた》になった。敏達《としたつ》は少《すこ》しの間《あいだ》、黙《だま》りこむと、

「スゥと少《すこ》しはなれてたほうがいい、と思《おも》ったらしい……。二人《ふたり》ともケンカばかりしてたっていうからね。」

弁解《べんかい》するようにいった。

「タツおじさん、あの丘《おか》の家《いえ》、引《ひ》っ越《こ》していっちゃったのよね。」

つぶやくようにいった紅絹《もみ》の言葉《ことば》に、敏達《としたつ》が一瞬《いっしゅん》、息《いき》をつめた。

「晶《あき》がね、ノイローゼになりそうだったんだ、あの家《いえ》にいると……。あれからあの家《いえ》は地獄《じごく》だった……。」

敏達《としたつ》がつぶやいた。

父《ちち》が起《お》こした事件《じけん》――父《ちち》のあやまちで、突然《とつぜん》、娘《むすめ》を、妹《いもうと》を失《うしな》った岡本家《おかもとけ》の深《ふか》い哀《かな》しみ。

敏達《としたつ》のいう〝地獄《じごく》〟の中《なか》に、生絹《すずし》はほうりこまれたのだ。

（スゥちゃんだって……ひとりで苦《くる》しんでいたのに。）

紅絹《もみ》はくちびるをかんで、目《め》を伏《ふ》せた。

「いちばんつらいのは、スゥやもみちゃんだということはよくわかってる。……しかし、おふくろの嘆《なげ》きようは見《み》ていられなかった……。晶《あき》もはやくふっ切《き》りたいといってね。」

横浜《よこはま》の山手《やまて》のマンションに越《こ》したのだ、と敏達《としたつ》は少《すこ》しすまなそうに肩《かた》を曲《ま》げた。

「僕《ぼく》たちがいたら、ワンクッションあってスゥも気《き》が楽《らく》だったかもしれない。……しかし、当時《とうじ》はスゥのことより自分《じぶん》たちのことでせいいっぱいでね。」

敏達《としたつ》は四分《ぶん》の一ほど開《あ》けていた運転席側《うんてんせきがわ》の窓《まど》を半分以上《はんぶんいじょう》開《あ》けた。しめった夜風《よかぜ》が流《なが》れこんでくる。紅絹《もみ》の髪《かみ》がやわらかくなびいた。

（わたしも……自分《じぶん》のことばっかり考《かんが》えてて……スゥちゃんの気持《きも》ち、考《かんが》えなかった……。）

「しかし、こんなに険悪《けんあく》になるとはね……スゥはおふくろのいちばんのお気《き》に入《い》り——。」

敏達《としたつ》はいいかけて、ハッとしたように言葉《ことば》を閉《と》じた。

岡本《おかもと》の祖母《そぼ》が、父《ちち》の英悟《えいご》に似《に》ているというだけで、紅絹《もみ》を拒《こば》んでいたことを知《し》っているのだ。

「おばあちゃんは、わたしやお父《とう》さんのこと嫌《きら》ってたものね。」

敏達《としたつ》の困惑《こんわく》を感《かん》じて、紅絹《もみ》は皮肉《ひにく》っぽくならないように軽《かる》くいった。

「嫌《きら》ってるっていうより……おふくろは結婚《けっこん》に反対《はんたい》してたからね。」

敏達《としたつ》は運転《うんてん》しながら、めがねに手《て》をやった。

「結婚《けっこん》させたい人《ひと》が、おふくろにはいたんだよ。」

「お母《かあ》さんと？」

紅絹《もみ》は驚《おどろ》いて敏達《としたつ》のほうを向《む》く。

「おふくろの友人《ゆうじん》の息子《むすこ》。慶応出《けいおうで》のエリートでね、相手《あいて》も香枝《かえ》を望《のぞ》んでたし……香枝《かえ》もそのつもりでいたのかもしれない。あの……会《あ》うまではね、もみちゃんのお父《とう》さんと。」

敏達《としたつ》は父《ちち》の名前《なまえ》を口《くち》にしたくないようだった。

父《ちち》も母《はは》に会《あ》ってから、一途《いちず》になった、と倫子《みちこ》がいっていた。

――好《す》きになるって、どうしようもなくなることなんだ。

ふいに、竜人《りゅうど》の声《こえ》が耳《みみ》もとでよみがえってきて、紅絹《もみ》は瞬間《しゅんかん》、目《め》を閉《と》じる。

「香枝《かえ》がおふくろにあんなに抵抗《ていこう》したのは、はじめてだったんじゃないかな、親《おや》と縁《えん》を切《き》ってもいいっていう香枝《かえ》の迫力《はくりょく》に、おふくろもしかたなくあきらめたんだよ。」

（なのに……お母《かあ》さんは、不倫《ふりん》した……。どうしてなの……？）

紅絹《もみ》は苦《にが》いものがこみ上《あ》げてくる。

「もみちゃんのところに行《い》ってないとしたら、スゥは、いったいどこに行《い》ったんだ……。」

車《くるま》は洋光台《ようこうだい》の坂《さか》にさしかかっていた。不安《ふあん》そうな敏達《としたつ》の声《こえ》に、紅絹《もみ》の胸《むね》の暗雲《あんうん》はさらに重《おも》く広《ひろ》がってくる。

「あてはないの？　おばあちゃんたち、新《あたら》しい学校《がっこう》の友《とも》だちとか——。」

「たぶん、それがわからないから、もみちゃんに来《き》てもらったんだろう。」

敏達《としたつ》にいわれて、紅絹《もみ》は深《ふか》くシートにもたれこんだ。

リビングルームの革《かわ》のソファに岡本《おかもと》の祖母《そぼ》、律子《りつこ》はブランケットをかけて、横《よこ》になっていた。化粧《メイク》がはげて、この前会《まえあ》ったときよりも年《とし》をとって見《み》える。

「もみ、すまなかったな。」

ソファでたばこをすっていた祖父《そふ》の充敏《みつとし》が立《た》ち上《あ》がった。祖父《そふ》も全身《ぜんしん》から疲《つか》れがにじみでていて、一回《ひとまわ》り小《ちい》さくなった感《かん》じだ。

大《おお》きなスーツケースが、ほうりだされるようにリビングに倒《たお》れていた。

「来《く》る途中《とちゅう》聞《き》いたんだけど、もみちゃんもスゥの友《とも》だち関係《かんけい》については知《し》らないようだよ。」

敏達《としたつ》がどっかりとソファに腰《こし》をかける。

「古《ふる》い友《とも》だちは？　下北沢《しもきたざわ》のころの友《とも》だち……。」

岡本《おかもと》の祖母《そぼ》が、半身《はんしん》を起《お》こした。泣《な》き疲《つか》れたような目《め》をしている。そんな岡本《おかもと》の祖母《そぼ》を見《み》ていると、紅絹《もみ》の怒《いか》りは、しだいに消《き》えていった。

岡本《おかもと》の祖父母《そふぼ》に会《あ》ったら、投《な》げつけてやりたい――のどまでせり上《あ》がってきていた言葉《ことば》。

――スゥちゃんを置《お》いて二人《ふたり》で外国《がいこく》に行《い》ってたなんて！

生絹《すずし》は敏達《としたつ》のマンションに三日《みっか》泊《と》まったあと、桜木《さくらぎ》の祖母《そぼ》のうちに行《い》くといって、出《で》て行《い》ったという。それから四日《よっか》もたっているのに、その間《あいだ》、敏達《としたつ》から桜木《さくらぎ》の家《いえ》にはなんの連《れん》絡《らく》もなかった。紅絹《もみ》が毎日何回《まいにちなんかい》も、岡本《おかもと》の家《いえ》に電話《でんわ》をしていたときと重《かさ》なる。あのとき――生絹《すずし》はもう岡本《おかもと》の家《いえ》にはいなかったのだ。

「もみ！　スゥの友《とも》だちのこと、ほんとに何《なに》も聞《き》いてない？　ときどき、泊《と》まりに行《い》ってた友《とも》だちのこととか――。」

岡本《おかもと》の祖母《そぼ》は、すがりつくように紅絹《もみ》を見る。紅絹《もみ》はうつむいたまま首《くび》を左右《さゆう》にふった。

「正月《しょうがつ》、伊豆《いず》から帰《かえ》って泊《と》まりに行《い》った子《こ》だろう？　名前《なまえ》も聞《き》いとらんのか、まったく！」

祖父《そふ》が祖母《そぼ》を責《せ》めるようにイライラとした声《こえ》でいった。紅絹《もみ》はハッと顔《かお》を上《あ》げる。

（スゥちゃん、おばあちゃんたちと伊豆《いず》に行《い》ったんだ……。）

岡本《おかもと》の祖父母《そふぼ》と温泉《おんせん》など行《い》きたくない――そういって生絹《すずし》はその間《あいだ》、桜木《さくらぎ》の家《いえ》にいることにしてくれ、と紅絹《もみ》に頼《たの》んだ。その間《あいだ》、生絹《すずし》は友《とも》だちのとこに泊《と》まる、といっていた。

生絹《すずし》と小《ちい》さないい争《あらそ》いをしたあの電話《でんわ》――〝うそはいや！〟といった紅絹《もみ》の気持《きも》ちを、

生絹《すずし》はわかってくれたのだろうか。

(あのとき、スゥちゃんに友《とも》だちのこと、もっと聞《き》いとけばよかった……。)

「スゥは……聞《き》くと怒《おこ》りだして、手《て》のつけようがなくなるから……私《わたし》は、何《なに》も……。」

岡本《おかもと》の祖母《そぼ》は泣《な》きながらつぶやくようにいって、またソファに横《よこ》になる。敏達《としたつ》が立《た》ち上《あ》がって、祖母《そぼ》にブランケットをかけ直《なお》した。

「もみ、すまないが、スゥの部屋《へや》に入《はい》ってくれないか。」

祖父《そふ》は声《こえ》を落《お》とすと、急《きゅう》に気弱《きよわ》な様子《ようす》で紅絹《もみ》を見《み》た。

「私《わたし》らが勝手《かって》に入《はい》ったことがわかったら、きっとあとでたいへんだ……もみならだいじょうぶだろう……それに、私《わたし》らは今《いま》の若《わか》い者《もの》の事情《じじょう》がわからん。スゥの交友関係《こうゆうかんけい》の手《て》がかりがあっても見《み》のがしてしまうかもしれんし……。」

紅絹《もみ》は下《した》を向《む》いたまま思《おも》いあぐねていた。

生絹《すずし》の部屋《へや》。勝手《かって》に入《はい》ってもいいのだろうか。

けれど、生絹《すずし》をさがす手《て》がかりはどんな小《ちい》さなことでも見《み》つけだしたい——。

紅絹《もみ》は祖父《そふ》について生絹《すずし》の部屋《へや》の前《まえ》に立《た》った。

——勝手《かって》に入《はい》るな！

マジックで大《おお》きくそう書《か》かれた紙《かみ》がはってある。生絹《すずし》のその字《じ》からメラメラと怒《いか》りが噴《ふん》出《しゅつ》しているようだった。ドアをそっと開《あ》ける。

ドアの向《む》こうはアイボリーとライトブルーで統一《とういつ》された部屋《へや》が広《ひろ》がっていた。桜木《さくらぎ》の紅《も》絹《み》の部屋《へや》の三倍《ばい》はある。ブルーのベッドカバー、カーテンも淡《あわ》いブルー。インテリア雑誌《ざっし》に出《で》てくるようなきれいな部屋《へや》だった。

「じゃあ、もみ、頼《たの》んだよ。」

祖父《そふ》がドアを閉《し》める。ふり返《かえ》ると立派《りっぱ》なオークのドアとふつりあいなほど粗末《そまつ》な内《うち》カギがつけられていた。生絹《すずし》がカギのないこの部屋《へや》に自分《じぶん》でつけたにちがいない。

紅絹《もみ》は生絹《すずし》の部屋《へや》のまん中《なか》で、呆然《ぼうぜん》と立《た》ちすくんでいた。

整頓《せいとん》されたこの部屋《へや》には、生絹《すずし》の気配《けはい》がまるで感《かん》じられなかった。下北沢《しもきたざわ》の生絹《すずし》の部屋《へや》はおもちゃ箱《ばこ》をひっくり返《かえ》したように、にぎやかだった。壁一面《かべいちめん》はられたポスターや雑誌《ざっし》の切《き》りぬき。人形《にんぎょう》やぬいぐるみ。

けれど、この部屋《へや》にはポスター一枚《いちまい》はられていない。紅絹《もみ》が送《おく》った倫子《みちこ》からのプレゼン

ト、くまとうさぎのぬいぐるみの姿《すがた》もなかった。整然《せいぜん》とした机《つくえ》。一度《いちど》も開《ひら》かれていないよ
うなピカピカの参考書《さんこうしょ》。
紅絹《もみ》は体《からだ》の芯《しん》が小《こ》きざみにふるえてくるのを感《かん》じていた。
生絹《すずし》のこの部屋《へや》にいるだけで、感《かん》じた。
(スゥちゃんは、本気《ほんき》なんだ……。)
生絹《すずし》は本気《ほんき》でみんなの前《まえ》から姿《すがた》を消《け》そうとしている。

8　心《こころ》の扉《とびら》を開《ひら》いて

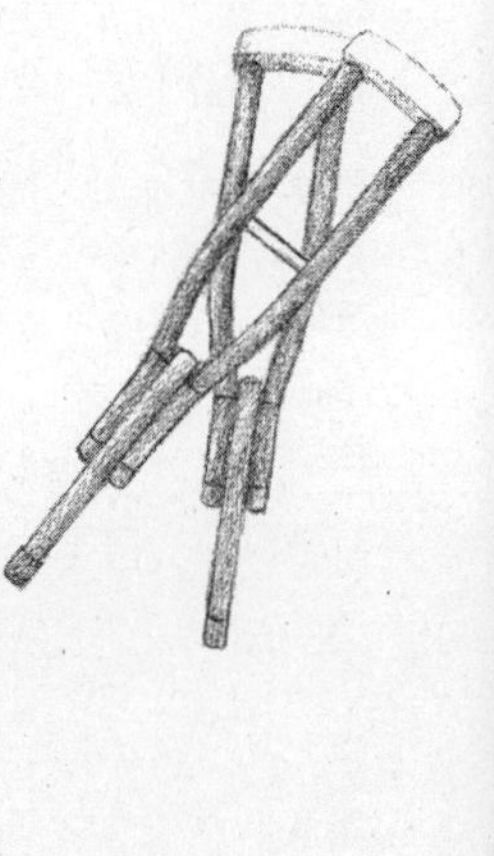

桜木《さくらぎ》の家《いえ》に戻《もど》ってきたのは午前《ごぜん》二時近《じちか》かった。送《おく》ってくれる車《くるま》の中《なか》で、敏達《としたつ》は疲《つか》れきったように黙《だま》りこんでいた。敏達《としたつ》は生絹《すずし》をあずかったことを後悔《こうかい》しているようだった。

生絹《すずし》の部屋《へや》になんの手《て》がかりも残《のこ》されていないとわかったあと、祖母《そぼ》の律子《りつこ》と敏達《としたつ》が口論《こうろん》をはじめた。祖母《そぼ》は敏達《としたつ》の監視《かんし》の甘《あま》さをなじり、敏達《としたつ》は、生絹《すずし》の心理状態《しんりじょうたい》もつかめず海外旅行《かいがいりょこう》に行《い》った祖母《そぼ》にくってかかっていた。

聞《き》くにたえないようないいあいは、祖父《そふ》が止《と》めるまでつづいた。

紅絹《もみ》は息《いき》がつまりそうだった。

生絹《すずし》はこんなにも荒廃《こうはい》した雰囲気《ふんいき》が漂《ただよ》う家《いえ》で暮《く》らしていたのだ――。

生絹《すずし》のことを思《おも》って、なかなか寝《ね》つけなかったのに、翌朝《よくあさ》、紅絹《もみ》は祖母《そぼ》のキヨ子《こ》に起《お》こされるまで目《め》がさめなかった。

祖母《そぼ》もけさは眠《ねむ》そうな目《め》をしている。生絹《すずし》を案《あん》じて、祖母《そぼ》も昨夜《さくや》は店《みせ》どころではなかったらしい。

生絹《すずし》の部屋《へや》には、ほんとうに手帳《てちょう》ひとつ残《のこ》されていなかった。きっと生絹《すずし》は以前《いぜん》から家《いえ》を出《で》るチャンスをうかがっていたのかもしれない。

今《いま》まで、紅絹《もみ》は生絹《すずし》の気持《きも》ちはわかっているつもりだった。

(でも……なんにも知《し》らなかった……。)

そんな自分《じぶん》に腹《はら》が立《た》ってくる。

校門《こうもん》をくぐるまで、生絹《すずし》のことを考《かんが》えていた紅絹《もみ》は、ゲタ箱《ばこ》が近《ちか》づくにつれ、きのうの出来事《できごと》を思《おも》い出《だ》した。上《うわ》ばきをかくされたこと——。

緊張《きんちょう》してゲタ箱《ばこ》の前《まえ》に立《た》つ。

上《うわ》ばきは、ちゃんとあった。

ほっとして教室《きょうしつ》に向《む》かう。ちょうど教室《きょうしつ》の出入《でい》り口《ぐち》にいた梅宮《うめみや》さんとクラスメイトの本《もと》

永《なが》さんに、

「おはよう。」

声《こえ》をかけると、とたん、梅宮《うめみや》さんたちは話《はなし》をやめて、紅絹《もみ》を無視《むし》したように教室《きょうしつ》に入《はい》っていく。不自然《ふしぜん》なほど高《たか》いはしゃぎ声《ごえ》をあげて。

教室《きょうしつ》に入《はい》るなり、紅絹《もみ》はきのうまでとクラスの雰囲気《ふんいき》がなんとなくちがうのを感《かん》じた。女生徒《じょせいと》たちの、息《いき》をひそませて紅絹《もみ》の反応《はんのう》をうかがうようなよそよそしい感《かん》じ——。

紅絹《もみ》は肩《かた》をふり、自分《じぶん》をふるい立《た》たせて席《せき》に向《む》かった。

(スゥちゃん、もっとひどいめにあっていたの……？　学校《がっこう》に行《い》けなくなるほど？)

生絹《すずし》のことを考《かん》えると、紅絹《もみ》はどんなことでも耐《た》えられる、耐《た》えなければ、と思《おも》った。

生絹《すずし》は秘密《ひみつ》をかかえ、たった一人《ひとり》で何《なん》か月《げつ》も苦《くる》しんでいたのだ。

(どうしたらスゥちゃんをはやく見《み》つけだせるんだろう……。)

梅宮《うめみや》さんたちに〝無視《むし》〟されることより、紅絹《もみ》は生絹《すずし》のことのほうが気《き》がかりだった。岡本《おかもと》の祖父母《そふぼ》は生絹《すずし》の学校《がっこう》と相談《そうだん》した上《うえ》、警察《けいさつ》にも出向《でむ》くといっていた。

(ぜったい、見《み》つけだすよ、スゥちゃん！)

紅絹《もみ》は強《つよ》く決意《けつい》していた。あてさえ見《み》つかったら、学校《がっこう》を休《やす》んでもさがし回《まわ》る——！

その日《ひ》、裏口《うらぐち》から家《いえ》に帰《かえ》った紅絹《もみ》は、次《つぎ》の瞬間《しゅんかん》、

「ただいま。」

「キャーッ！」

悲鳴《ひめい》をあげて、飛《と》びのいていた。

「なんだよ、おれはクマか？」

和室《わしつ》の茶《ちゃ》だんすにもたれて、足《あし》を投《な》げだしていた竜人《りゅうど》が、ムッとして紅絹《もみ》を見上《みあ》げている。紅絹《もみ》は信《しん》じられないというように瞬間《しゅんかん》、息《いき》を止《と》めた。

「なんで!?　なんで……。」

倉沢竜人《くらさわりゅうど》がここにいるの——!?

「三十分《ぷん》くらい前《まえ》に、タクシーでみえてね。」

そのとき、和室《わしつ》と店《みせ》の間《あいだ》の引《ひ》き戸《ど》から祖母《そぼ》が顔《かお》をのぞかせた。困惑《こんわく》した表情《ひょうじょう》をしている。

「店《みせ》よりもこっちのほうが落《お》ち着《つ》くと思《おも》ってね、上《あ》がってもらったんだけど。」

テーブルがわりのこたつの上《うえ》にはお茶《ちゃ》やお菓子《かし》まで出《だ》されている。

「突然《とつぜん》たずねてきて、迷惑《めいわく》だとは思《おも》ったんだけど。」

竜人《りゅうど》は祖母《そぼ》に申《もう》しわけなさそうに首《くび》をすくめた。

「病院《びょういん》からぬけだしてきたんだ。」

そういった竜人《りゅうど》はうすいブルーのパジャマ姿《すがた》。横《よこ》に松葉杖《まつばづえ》が置《お》かれていた。

「病院《びょういん》を⁉ そんなことしてだいじょうぶなの……？」

動揺《どうよう》して紅絹《もみ》の語尾《ごび》がかすれた。いつも竜人《りゅうど》には驚《おどろ》かされる。

「入院《にゅういん》するほどのケガじゃないはずなんだけど、ナナミのうちの病院《びょういん》で再検査《さいけんさ》させられて、なんかむりやりって感《かん》じで押《お》しこまれた。」

不服《ふふく》そうに竜人《りゅうど》は眉《まゆ》をしかめた。

「こっちが動《うご》けないからって監視《かんし》されてるみたいだった。もみにやっと電話《でんわ》できたらケイタイ通《つう》じないし……ゆうべだって三回《かい》もかけたんだぞ。」

「あ、もみ。」

祖母《そぼ》があわてたように口《くち》をはさんだ。

「二階《かい》で話《はな》したらどうだろうねぇ、もうすぐ店《みせ》を開《ひら》くし……。」

「あ……。」

紅絹《もみ》は中途半端《ちゅうとはんぱ》な声《こえ》をあげた。竜人《りゅうど》を自分《じぶん》の部屋《へや》に入《い》れるのはためらわれる。けれど、店《みせ》とつつぬけの和室《わしつ》で竜人《りゅうど》と話《はな》すことは、もっとためらわれた。

「二階《かい》、上《あ》がれる？」

紅絹《もみ》がたずねると、

「もみの部屋《へや》だろ？　もちろん！」

竜人《りゅうど》は急《きゅう》に笑顔《えがお》になると、松葉杖《まつばづえ》に寄《よ》りかかって、もう立《た》ち上《あ》がっている。

紅絹《もみ》はあわてて先《さき》に二階《かい》に駆《か》け上《あ》がった。

部屋《へや》は片《かた》づいている。けれど、竜人《りゅうど》を招《まね》き入《い》れるのはなんだか不安《ふあん》だ。どぎまぎしながら机《つくえ》の上《うえ》の参考書《さんこうしょ》を意味《いみ》なく重《かさ》ねていると、コツコツと足音《あしおと》がして、

「入《はい》っていい？」

部屋《へや》の前《まえ》で竜人《りゅうど》の声《こえ》がした。

「あ、どうぞ……せまいけど……。」

「へーえ、ここがもみの部屋《へや》か。」

入《はい》ってきた竜人《りゅうど》は感激《かんげき》したように部屋《へや》を見回《みまわ》している。クッションも何《なに》もないことに気《き》がついて、紅絹《もみ》はあわてて階下《かいか》に引《ひ》き返《かえ》した。

階段《かいだん》を踏《ふ》みはずしそうなほど、あわてている。竜人《りゅうど》がパジャマのまま病院《びょういん》をぬけだしてくるなんて――。

和室《わしつ》の座《ざ》ぶとんを抱《かか》えて二階《かい》に戻《もど》ると、竜人《りゅうど》は松葉杖《まつばづえ》にもたれて、じっと机《つくえ》の前《まえ》のカレンダーを見《み》つめていた。

紅絹《もみ》はハッと息《いき》をのむ。

去年《きょねん》の九月《がつ》のままの想志《そうし》のカレンダー。

――M《エム》と海《うみ》へ
紅絹《もみ》はようやく自分《じぶん》を取《と》り戻《もど》した。竜人《りゅうど》と自分《じぶん》をへだてている深《ふか》い淵《ふち》のこと……。

紅絹《もみ》の気配《けはい》を感《かん》じて、竜人《りゅうど》がゆっくりとふり向《む》く。カレンダーのことをいわれる、と紅《も》絹《み》は緊張《きんちょう》したが、竜人《りゅうど》は何《なに》もいわない。

「……座《ざ》ぶとん持《も》ってきたの……でも、いすのほうが楽《らく》かな。」

短《みじか》い沈黙《ちんもく》にも耐《た》えられなくて、紅絹《もみ》が早口《はやくち》でそういうと、

「ありがとう、すわるよ、足《あし》をのばしたいから。」

竜人《りゅうど》は少《すこ》しこわばった笑《え》みを浮《う》かべながら紅絹《もみ》から座《ざ》ぶとんを受《う》け取《と》った。壁《かべ》にもたれ、竜人《りゅうど》は足《あし》をのばす。左足《ひだりあし》のパジャマのすそからギプスがのぞいていた。

「足《あし》、痛《いた》まない？」

思《おも》わず紅絹《もみ》がそうたずねると、

「心配《しんぱい》してくれるんなら、居留守《いるす》なんて使《つか》うなよ！」

こらえきれなくなったように竜人《りゅうど》が声《こえ》を荒《あら》らげた。

「ゆうべは十一時《じ》すぎまで電話《でんわ》した、おばあさんには悪《わる》かったけど、ケイタイ切《き》って居留《いる》守《す》なんか使《つか》うからだ！」

「ゆうべはほんとに出《で》かけてたの……。」

傷《きず》ついたような竜人《りゅうど》の視線《しせん》を受《う》けとめるのがつらくて、紅絹《もみ》は思《おも》わず下《した》を向《む》いた。

「横浜《よこはま》の……母方《ははかた》の……家《うち》。……スゥ、あの、姉《あね》が、姉《あね》が引《ひ》き取《と》られてるの……たった

一人《ひとり》の姉《あね》なの。」

そういっただけで、竜人《りゅうど》は何《なに》かを感《かん》じたようだった。静《しず》かに吐息《といき》をついて黙《だま》りこむ。

紅絹《もみ》は竜人《りゅうど》に生絹《すずし》のことを話《はな》したくなる気持《きも》ちをおさえた。

――スゥちゃん、家出《いえで》しちゃったの……ひとりで苦《くる》しんで、お母《かあ》さんのこと知《し》って、ひとりで早坂鉄昇《はやさかてっしょう》に会《あ》いに行《い》って……。

竜人《りゅうど》に話《はな》せたら、少《すこ》しは気《き》が楽《らく》になるだろう。けれど、反対《はんたい》にきっと竜人《りゅうど》の心《こころ》が重《おも》くなる。また巻《ま》きこんでしまう。ふり回《まわ》してしまう――。

竜人《りゅうど》の前《まえ》に正座《せいざ》して、紅絹《もみ》は目《め》を深《ふか》く伏《ふ》せた。

少《すこ》し開《あ》けた窓《まど》からあかね色《いろ》の夕焼《ゆうや》けがにじんで見《み》えた。川《かわ》べりをジョギングする人《ひと》の足《あし》音《おと》が遠《とお》ざかっていく。しめった樹木《じゅもく》の匂《にお》いが流《なが》れこんできた。

「またケイタイを切《き》られた……もみが引《ひ》きこもった。」

竜人《りゅうど》が窓《まど》のほうを見《み》てつぶやいた。

「おれが勝手《かって》にケイタイに入《い》れといたメッセージ見《み》て怒《おこ》ったのかと思《おも》ったけど、姉《あね》キと話《はな》してわかった。姉《あね》キが何《なに》かひどいことといったんだろう……問《と》いつめたけど、姉《あね》キも頑固《がんこ》だから。姉《あね》キに伝言《でんごん》なんか頼《たの》むんじゃなかった……もっと話《はなし》のわかるやつだと思《おも》ってたんだけどな。」

竜人《りゅうど》が口《くち》をキッと引《ひ》きしめる。

「ひどいことなんかいわれてないから……。」

紅絹《もみ》は息《いき》をつめ、顔《かお》を上《あ》げた。

「ただ、わたし、もう——。」

「もう、引《ひ》かないよ！」

竜人《りゅうど》の声《こえ》が鋭《するど》く紅絹《もみ》の言葉《ことば》にかぶさってくる。

「三か月近《げっちか》くも、さんざん悩《なや》んだんだ、もう、ぜったい引《ひ》かない！　会《あ》わない、なんていわせないからな！」

竜人《りゅうど》はパジャマのポケットから携帯電話《けいたいでんわ》を出《だ》した。

「こわれなくてよかったよ。このケイタイにもみが電話《でんわ》をくれたんだ。着信記録《ちゃくしんきろく》を何回《なんかい》も見《み》たよ。もみにすごくつらいことがあったんだ……なんでおれにぶつけないんだよ！」

竜人《りゅうど》の目《め》がぬれたように光《ひか》っている。

「おれはぶつけたぞ！　めいっぱいぶつけたぞ！」

うっと紅絹《もみ》ののどの奥《おく》がつまった。瞳《ひとみ》が熱《あつ》くなってくる。

「はじまりは江藤《えとう》だった……だから、おれも自分《じぶん》の気持《きも》ちに混乱《こんらん》していた。〝責任《せきにん》を感《かん》じてるだけだ〟とナナミにいわれて、そうかなと思《おも》いかけたこともある。でも、今《いま》はわかってる。ほんとにわかったんだ！　もう、江藤《えとう》は関係《かんけい》ない、おれはおれなんだ、まわりのことなんて気《き》にしない、ぶつかってこいよ、もみ！」

低《ひく》いが強《つよ》い口調《くちょう》で竜人《りゅうど》はいった。

「もみの気持《きも》ちはわかってる……無理《むり》にこっち向《む》けなんていってない。〝一生一人《いっしょうひとり》〟だってかまわない……。なんだって一番《ばん》が好《す》きなおれが、二番《ばん》だっていいっていってるんだ！

……もみ！　ぶつけろよ！　おれに、ぶつけてくれよ！」

竜人《りゅうど》の熱《あつ》い声《こえ》が、紅絹《もみ》の心《こころ》の扉《とびら》を一気《いっき》に開《ひら》いた。瞬間《しゅんかん》、あふれでてくるものに押《お》し流《なが》されるように紅絹《もみ》の目《め》に涙《なみだ》がもり上《あ》がった。

「スゥちゃんが、どこかへ行《い》ってしまったの……！」

とたん、思《おも》いと言葉《ことば》がほとばしった。

9　手《て》がかり

紅絹《もみ》は窓辺《まどべ》にもたれたまま、気力《きりょく》がぬけたようにぼんやりと外《そと》を見《み》つめていた。雲《くも》の多《おお》い夜空《よぞら》に月《つき》がほのかにかすんでいる。

(そうちゃん……わたしって……。)

心《こころ》の中《なか》でつぶやいたのに、あとの言葉《ことば》がつづかない。

あんなに固《かた》く決意《けつい》したのに、今度《こんど》こそもう会《あ》わない、と心《こころ》に誓《ちか》ったのに——竜人《りゅうど》に会《あ》ったとたん、こんなにもろくくずれてしまうなんて——。

また、竜人《りゅうど》の前《まえ》で泣《な》いてしまった。

これで何度目《なんどめ》だろう。生絹《すずし》のことを話《はな》しながら、止《と》めようと思《おも》っても涙《なみだ》が止《と》まらなかった。

母《はは》が不倫《ふりん》した相手《あいて》、早坂鉄昇《はやさかてっしょう》と会《あ》ったこと。生絹《すずし》の苦《くる》しみを知《し》って受《う》けた衝撃《しょうげき》。生絹《すずし》へのすまない思《おも》い。とり返《かえ》しのつかない後悔《こうかい》。それを告《つ》げたかったのに、生絹《すずし》が姿《すがた》を消《け》してしまったこと——。

竜人《りゅうど》は一言《ひとこと》も聞《き》きもらさない、というように紅絹《もみ》から目《め》をはなさなかった。竜人《りゅうど》に思《おも》わず電話《でんわ》をしてしまった銀座《ぎんざ》の路地裏《ろじうら》——そのときの話《はなし》をしたときも、竜人《りゅうど》は眉《まゆ》ひとつ動《うご》かさなかった。

話《はな》し終《お》わった紅絹《もみ》を、竜人《りゅうど》は目《め》を細《ほそ》めるようにしてじっと見《み》つめていた。紅絹《もみ》の涙《なみだ》が自《し》然《ぜん》に止《と》まるのを待《ま》って、

「……ありがとう。」

かすかな声《こえ》で竜人《りゅうど》はいった。紅絹《もみ》はうろたえて下《した》を向《む》く。竜人《りゅうど》にお礼《れい》をいわれるとは思《おも》わなかった。聞《き》いてもらったのは自分《じぶん》なのに。

「はやく足《あし》、治《なお》さないと動《うご》けねぇなア。」

しばらく後《のち》、くやしそうにそういうと、竜人《りゅうど》はいきなり携帯《けいたい》の電源《でんげん》を入《い》れ、親指《おやゆび》でボタンをプッシュした。

「あ、姉《あね》キ？　心配《しんぱい》してるんじゃないかと思《おも》って。」

竜人《りゅうど》は姉《あね》の果南《かな》に電話《でんわ》をかけたのだ。

「今《いま》？　もみのとこ、桜木もみだよ、知《し》ってるだろう。」

竜人《りゅうど》は挑戦《ちょうせん》するように紅絹《もみ》の名《な》を口《くち》にした。果南《かな》の反応《はんのう》が気《き》になって、紅絹《もみ》は体《からだ》を硬《かた》くする。

「これから帰《かえ》る、ったって病院《びょういん》じゃないぞ、うちに帰《かえ》るからな……うん、ナナミにはもう充分《じゅうぶん》つきあった。姉《あね》キのせいでもみに会《あ》いに来《き》たんだからな、タクシー代《だい》、用意《ようい》しといてくれよ。」

竜人《りゅうど》はニヤッと笑《わら》って携帯電話《けいたいでんわ》を切《き》った。果南《かな》とのやりとりを紅絹《もみ》に聞《き》かせたかったらしい。

「足《あし》が治《なお》ったら〝スゥちゃん姉《ねえ》さん〟をいっしょにさがしてやるからな、ま、その前《まえ》に見《み》つかるかもしれないけど。」

竜人《りゅうど》は力強《ちからづよ》くそういいおくと、祖母《そぼ》が呼《よ》んだタクシーに乗《の》って帰《かえ》っていった。

ちょうど来《き》ていた関根《せきね》さんは、そんな竜人《りゅうど》をチラリと見《み》ただけで、挨拶《あいさつ》もせずに、

「金持《かねも》ちはやることがなァ、あの年《とし》でタクシー呼《よ》んでくれだと。」

あとで皮肉《ひにく》をいった。関根《せきね》さんはどうしても竜人《りゅうど》が気《き》にくわないらしい。祖母《そぼ》は笑《わら》っただけで、取《と》りあわなかった。祖母《そぼ》は最初《さいしょ》から竜人《りゅうど》に理解《りかい》があった。竜人《りゅうど》もそれを感《かん》じるのか、タクシーに乗《の》りこむとき、

「もうケイタイにこだわらないよ。おばあさんと仲《なか》よくなったからな。」

そう小声《こごえ》で笑《わら》いながら紅絹《もみ》に耳《みみ》うちした。

携帯電話《けいたいでんわ》――。

紅絹《もみ》はハッとして、窓辺《まどべ》から体《からだ》を動《うご》かした。

「お姉《ねえ》さんとの会話《かいわ》、思《おも》い出《だ》してみろよ、何《なに》か手《て》がかりはあるはずだ。」

帰《かえ》る前《まえ》、竜人《りゅうど》はそうもいっていた。

たんすの引《ひ》き出《だ》しから、しまいこんでいた携帯電話《けいたいでんわ》を取《と》りだす。生絹《すずし》からかかってきたのはほんの数回《すうかい》。いつも公衆電話《こうしゅうでんわ》からだった。

(……もしかして、あの、あの男《おとこ》の子《こ》!)

紅絹《もみ》は息《いき》をつめ、携帯《けいたい》の表示《ひょうじ》をくりだしていく。竜人《りゅうど》にいわれて、紅絹《もみ》の携帯《けいたい》にかかっ

てきた少年《しょうねん》のことを思《おも》い出《だ》したのだ。生絹《すずし》が〝シツコイ〟といっていた少年《しょうねん》。紅絹《もみ》はあのとき、コールバックしている。あの少年《しょうねん》なら生絹《すずし》について何《なに》か知《し》っているかもしれない。祈《いの》るような気持《きも》ちで画面《がめん》を見《み》つめていた紅絹《もみ》の肩《かた》がふうっと下《さ》がった。

「……あった！」

画面《がめん》には名前《なまえ》も知《し》らない少年《しょうねん》の携帯電話《けいたいでんわ》の番号《ばんごう》がかろうじて残《のこ》っていた。

横浜《よこはま》の桜木町《さくらぎちょう》。その少年《しょうねん》が指定《してい》したのは駅《えき》の近《ちか》くのファミリーレストランだった。

日曜日《にちようび》の午後《ごご》三時《じ》。紅絹《もみ》はもっと早《はや》く会《あ》いたかったが、その少年《しょうねん》――金森伸夫《かなもりのぶお》はその時《じ》間《かん》でないと目《め》がさめないという。

突然《とつぜん》の紅絹《もみ》からの電話《でんわ》をいぶかしみ、はじめはめんどくさそうに応《おう》じていた伸夫《のぶお》だが、〝スゥ〟をさがしているのだ、とすがるようにくり返《かえ》す紅絹《もみ》に、やっと真面目《まじめ》な反応《はんのう》が返《かえ》ってきた。

伸夫《のぶお》はスゥとは半年以上《はんとしいじょう》会《あ》っていない、といった。

それでもいい。どんなに小《ちい》さなことでも生絹《すずし》のことを知《し》りたいのだ――そういった紅絹《もみ》に伸夫《のぶお》は気安《きやす》く会《あ》う約束《やくそく》をしてくれた。

三時十分《じぷん》になった。紅絹《もみ》はレストランを見《み》わたす。スゥの妹《いもうと》ならすぐわかるよ、と伸《のぶ》夫《お》は気楽《きらく》にいったが、紅絹《もみ》は伸夫《のぶお》がどんな少年《しょうねん》なのかけんとうもつかなかった。

紅絹《もみ》はしかたなく手帳《てちょう》にまた目《め》を落《お》とした。

伸夫《のぶお》に会《あ》ったら聞《き》きたいことをメモしてある。生絹《すずし》の友《とも》だちのこと。そして、生絹《すずし》がバイトをしていたといっていた〝イタめし〟の店《みせ》の名前《なまえ》。生絹《すずし》との会話《かいわ》から思《おも》い出《だ》した手《て》がかりは今《いま》、それしかない。

岡本《おかもと》の祖母《そぼ》はバイトをやめさせたというのに、その店《みせ》の名前《なまえ》をたずねても知《し》らなかった。

生絹《すずし》が通《かよ》っていた学校《がっこう》からもなんの情報《じょうほう》も得《え》られなかったという。

「友《とも》だちもいなかったみたいだし……だいいち、スゥがあんなにサボっていたなんて知《し》らなかったわ！」

電話口《でんわぐち》で岡本《おかもと》の祖母《そぼ》はヒステリックな声《こえ》をあげた。血圧《けつあつ》が上《あ》がり、病院通《びょういんがよ》いをしているという。警察《けいさつ》もまともに取《と》りあってくれない、と岡本《おかもと》の祖母《そぼ》はイライラしていた。

生絹《すずし》が姿《すがた》を消《け》して、もう一週間以上《しゅうかんいじょう》たってしまった。

「スゥの妹《いもうと》？」

ハッと顔《かお》を上《あ》げると、カーゴパンツにＴ《ティー》シャツ姿《すがた》の少年《しょうねん》が紅絹《もみ》をのぞきこんでいる。オレンジっぽい色《いろ》のちぢれた短《みじか》い髪《かみ》が目立《めだ》った。

「……金《かな》、金森《かなもり》さん……？」

「やっぱ似《に》てんじゃん、でも、なーんか妹《いもうと》のほうがしっかりしてるみたいだなァ。」

伸夫《のぶお》は紅絹《もみ》を観察《かんさつ》するようにジロジロと見《み》ている。

「そんなこと！　……姉《あね》、のほうがしっかりしてます！」

思《おも》わず紅絹《もみ》はいい返《かえ》していた。

──スゥちゃんは、ひとりで苦《くる》しみを背負《せお》っていたんだもの、わたしには、きっとできない……。

伸夫《のぶお》はニヤニヤしながら、ドリンクバーに行《い》きコーヒーを運《はこ》んでくると、高校《こうこう》をやめてフリーターをしているのだ、と簡単《かんたん》に自分《じぶん》のことを話《はな》した。

「オレさァ、スゥにふられちゃって、それっきりだからさァ。」

ふられた、といっても伸夫《のぶお》はニヤニヤしている。目《め》が細《ほそ》くてたれ目《め》のせいで何《なに》をいっても軽《かる》く見《み》えるのかもしれない。けれど、伸夫《のぶお》は紅絹《もみ》からの電話《でんわ》のあと、友《とも》だちに生絹《すずし》のことをたずねてくれたらしい。

「だれもスゥのこと知《し》らないんだよ、スゥは友《ダ》だち《チ》をどんどんとっかえてったからさァ。」

紅絹《もみ》の肩《かた》がビクッとゆれた。

岡本《おかもと》と桜木《さくらぎ》――事件《じけん》のあと、それぞれの家《いえ》に引《ひ》きとられてからの紅絹《もみ》の知《し》らない生絹《すずし》の時間《じかん》。

「スゥはタミーとジコが連《つ》れてきたんだ、いっしょにカラオケで何回《なんかい》もオールしたよ。スゥはなぞだらけでさァ、学校《がっこう》もうちもなーんもわからねー。名前《なまえ》だって、〝すずし〟ってえの？　アンタからはじめて知《し》ったよ。」

紅絹《もみ》の目《め》がうるんでくる。友《とも》だちに自分《じぶん》の名前《なまえ》さえ生絹《すずし》はいえなかったのだ。

「タミーたちも、もうスゥとはつきあってないっていうしさァ。」

涙《なみだ》ぐんだ紅絹《もみ》を見《み》て、伸夫《のぶお》は困《こま》ったように首《くび》をかたむけた。

「そのカラオケって、どこにあるんですか？　スゥちゃん、あの、姉《あね》はほかにどんな店《みせ》に

よく行《い》ってたんですか？ それから、姉《あね》がバイトしてた〝イタめし〟の店《みせ》のこと、知《し》りませんか!?」

たてつづけに質問《しつもん》した紅絹《もみ》に、

「ま、待《ま》て、今《いま》、タミーに電話《でんわ》してみっから。」

伸夫《のぶお》は携帯電話《けいたいでんわ》を取《と》りだした。

タミー、という女《おんな》の子《こ》も〝イタめし〟の店《みせ》のことは知《し》らないようだった。

「知《し》ってるやつ、いねーのかよォ。」

電話口《でんわぐち》で伸夫《のぶお》がすごんでいる。電話《でんわ》を切《き》ると、

「タミーがまたかけてくるよ。タミーはスゥを、ミドリから引《ひ》きあわされたっていってたから。」

伸夫《のぶお》は紅絹《もみ》を安心《あんしん》させるように、いっそう目《め》を細《ほそ》めた。

「……すみません。」

紅絹《もみ》が目《め》を伏《ふ》せると、

「姉妹《きょうだい》なのにはなればなれだったのかよ、ま、オレっちみんな、なーんかワケアリなんだ

けどよ。」

仲夫《のぶお》は立《た》ち上《あ》がり、またコーヒーのおかわりを取《と》りにいく。何《なに》か取《と》ってきてやろうか、と聞《き》かれたが、紅絹《もみ》は断《ことわ》った。

仲夫《のぶお》の携帯《けいたい》が鳴《な》ったのは、コーヒーを持《も》って戻《もど》ってきたときだった。

「なーにィ？〝ピッコロ〟？」

眉《まゆ》を寄《よ》せる仲夫《のぶお》に紅絹《もみ》はあわてて、手帳《てちょう》とペンをさしだした。

〝ピッコロ・アモーレ〟、山下町《やましたちょう》。

仲夫《のぶお》のはねるような文字《もじ》を、紅絹《もみ》はじっと見《み》つめていた。

地元《じもと》にくわしい仲夫《のぶお》が店《みせ》の前《まえ》まで送《おく》ってくれたので、〝ピッコロ・アモーレ〟には迷《まよ》わずにたどりついた。山下町《やましたちょう》のはずれにある小《ちい》さなイタリアンレストラン。店《みせ》の前《まえ》に置《お》かれたワイン樽《だる》、たてかけられた大《おお》きな黒板《こくばん》に描《えが》かれたメニュー。生絹《すずし》の好《す》きそうな外観《がいかん》の店《みせ》だ。

仲夫《のぶお》とは店《みせ》の前《まえ》で別《わか》れた。仲夫《のぶお》は生絹《すずし》のことが何《なに》かわかったら、すぐ知《し》らせる、と約束《やくそく》してくれた。

「オレ、けっこう、スゥにはマジだったんだよなァ。」

別《わか》れるとき、伸夫《のぶお》は少《すこ》し照《て》れたようにそういった。伸夫《のぶお》も生絹《すずし》のことを心配《しんぱい》してくれているのがわかった。

〝ピッコロ・アモーレ〟で生絹《すずし》は一か月《げつ》もバイトをしていなかったという。生絹《すずし》の手《て》がかりはこの店《みせ》には何《なに》もなかった。

10　裏切《うらぎ》り者《もの》

「ひとりで行《い》くなって！」

電話《でんわ》の向《む》こうで竜人《りゅうど》が怒《おこ》っていた。

紅絹《もみ》が一人《ひとり》で金森伸夫《かなもりのぶお》に会《あ》ってきた、と報告《ほうこく》した夜《よる》のことだ。

「知《し》らない男《おとこ》によく一人《ひとり》で会《あ》いに行《い》けるよな、もみは無謀《むぼう》なんだよ！」

「だって……スゥちゃんのこと少《すこ》しでも知《し》りたかったから。」

「だったら、おれにいえよ！　ついてってやったのに。」

「倉沢《くらさわ》さんはケガしてるじゃないの……。」

「松葉杖《まつばづえ》だって、もみより歩《ある》くの速《はや》いぞ。」

竜人《りゅうど》の声《こえ》が少《すこ》しやわらかくなり、

「……ったく、もみからは目《め》がはなせないや。」

のどの奥《おく》でおかしそうに笑《わら》った。

桜《さくら》の散《ち》る夜《よる》、別《わか》れてからの三か月近《げっちか》い空白《くうはく》があっという間《ま》にもとに戻《もど》っている。

菜々実《ななみ》の気持《きも》ち、果南《かなん》の気持《きも》ち――よくわかったつもりなのに、また竜人《りゅうど》を受《う》け入《い》れている自分《じぶん》を紅絹《もみ》はもてあましていた。

七月二日《がつふつか》。想志《そうし》の誕生日《たんじょうび》。

（十八になったのね、そうちゃん……。）

来年《らいねん》の想志《そうし》の誕生日《たんじょうび》には、ぜったいにプレゼントをわたそうと決心《けっしん》していたのに。

（あっという間《ま》にいなくなってしまうんだもの……そうちゃん……。）

想志《そうし》に、自分《じぶん》の思《おも》いは伝《つた》わっていたのだろうか。こんなにも、こんなにも好《す》きだったということ。

想志《そうし》への気持《きも》ちは今《いま》も変《か》わらない。

けれど――もう決《けっ》して伝《つた》えることはできないのだ。

想志《そうし》のことを思《おも》い出《だ》さない日《ひ》はないのに、このごろ、その回数《かいすう》が少《すこ》しずつへってきているようで、紅絹《もみ》はそんな自分《じぶん》が許《ゆる》せない気《き》がした。

放課後《ほうかご》。

紅絹《もみ》は校門《こうもん》を出《で》ると、いつもと反対方向《はんたいほうこう》に歩《ある》きだした。想志《そうし》の家《いえ》を見《み》に行《い》こうと思《おも》ったのだ。去年《きょねん》の暮《く》れ、想志《そうし》の母《はは》が越《こ》してから一度《いちど》もたずねていない。あの家《いえ》は今《いま》、どうなっているのだろう。

「桜木《さくらぎ》さーん!」

その声《こえ》にふり返《かえ》ると、林田雅子《はやしだまさこ》が顔《かお》をしかめて追《お》いかけてきた。

「桜木《さくらぎ》さんち、こっちだっけ?」

「きょうは……ちょっと用事《ようじ》があるから。」

小声《こごえ》で紅絹《もみ》が答《こた》えると、林田《はやしだ》さんはそれ以上《いじょう》たずねなかった。

雲《くも》の切《き》れ間《ま》に青《あお》い空《そら》がのぞいている。梅雨《つゆ》はまだ明《あ》けていなかったが、夏《なつ》がすぐそこにいることを感《かん》じる。

「その後《ご》、いじめはどう?」

歩《ある》きながら林田《はやしだ》さんが単刀直入《たんとうちょくにゅう》に聞《き》いてきた。

「その後《ご》、順調《じゅんちょう》につづいています。」

紅絹《もみ》が答《こた》えると、林田《はやしだ》さんはふいに笑顔《えがお》になって、

「桜木《さくらぎ》さんのそういうとこ、気《き》に入《い》ってるんだよね。」

エクボを見《み》せたことを後悔《こうかい》するように、林田《はやしだ》さんはすぐに顔《かお》をしかめた。林田《はやしだ》さんの笑顔《えがお》はとてもチャーミングなのに。紅絹《もみ》はみんなが気《き》づかず残念《ざんねん》なのだが、林田《はやしだ》さんは〝チャーミング〟とか〝かわいい〟といわれることが好《す》きではないようだ。そういった言葉《ことば》は〝男社会《おとこしゃかい》が作《つく》りあげた差別《さべつ》〟だと、以前《いぜん》、委員会《いいんかい》の帰《かえ》りに力説《りきせつ》していた。

林田《はやしだ》さんがいるから、梅宮《うめみや》さんたちのいじめにも耐《た》えられる——紅絹《もみ》はそうも伝《つた》えたかったが、林田《はやしだ》さんはそんな会話《かいわ》も苦手《にがて》らしい。

紅絹《もみ》は今《いま》、クラスの女《おんな》の子《こ》たちの半分《はんぶん》くらいから無視《むし》されていた。朝《あさ》、教室《きょうしつ》に入《はい》ったとき、机《つくえ》がすみに移動《いどう》されていたこともあった。

生絹《すずし》もこんなめにあったのだろうか——衝撃《しょうげき》より先《さき》にそんな思《おも》いがわいてくる。

「桜木《さくらぎ》さんが平然《へいぜん》としてるから、あの子《こ》たちイライラしてるんだよ。」

「平然《へいぜん》となんて、してないけど……。」

紅絹《もみ》は空《そら》を見上《みあ》げて、ちょっと目《め》を細《ほそ》めた。自分《じぶん》はそんなに強《つよ》くはない――けれど、みんな何《なに》かに耐《た》えていることを知《し》っている。

「あの子《こ》たち、やっと本性出《ほんしょうだ》してきたね、最初《さいしょ》は〝もみィ！〟ってキモかったなァ。」

林田《はやしだ》さんは口《くち》をへの字《じ》にまげて、わざと体《からだ》をブルブルとふるわせた。

「でも……ホッとしたの、うわべだけ仲《なか》よくされても、どうしていいかわからなかったし。」

それは本心《ほんしん》だった。無視《むし》されて、やっと紅絹《もみ》は梅宮《うめみや》さんたちを正面《しょうめん》から見返《みかえ》せる。

曲《ま》がり角《かど》に来《き》ていた。

「うち、あの角《かど》のマンション、レンガ色《いろ》の。」

林田《はやしだ》さんは自分《じぶん》のうちが気《き》に入《い》らないという表情《ひょうじょう》で通《とお》りの奥《おく》を示《しめ》した。

「一度《いちど》おいでよ、ヘンなおやじとヘンなネコがいるよ。」

ムスッといわれて、

「えーッ、おやじって〝お父《とう》さん〟!?」

思《おも》わず紅絹《もみ》は口走《くちばし》っていた。

「そうだよ。うちで一日《いちにち》ヘタな絵《え》を描《か》いてるよ。おやじはイラストレーターなんだ。母《はは》が勤《つと》めに出《で》てる。夫婦別姓《ふうふべっせい》だから、みんな離婚《りこん》したか未婚《みこん》の母《はは》だと思《おも》ってるみたいだね。」

「夫婦別姓《ふうふべっせい》……!?」

「私《わたし》と母《はは》が〝林田《はやしだ》〟で、父《ちち》が〝井尻《いじり》〟。私《わたし》が生《う》まれたとき、じゃんけんして決《き》めたらしい。」

母《はは》が勝《か》ってよかった、と林田《はやしだ》さんは笑《わら》いかけて、途中《とちゅう》でやめた。

林田《はやしだ》さんのことが、また一つわかった。

紅絹《もみ》はひとりで歩《ある》きながら、いつか林田《はやしだ》さんのうちに行《い》ってみたい、と思《おも》った。

――歩《ある》きながら紅絹《もみ》の歩調《ほちょう》がしだいにゆっくりになっていく。

紅絹《もみ》は立《た》ち止《ど》まった。それ以上《いじょう》、進《すす》めない。

遠《とお》くからでもわかった。

想志《そうし》の家《いえ》はもうなかった。家《いえ》はこわされ、さら地《ち》の土《つち》の色《いろ》が目《め》にしみた。

いつのまに想志《そうし》の家《いえ》はとりこわされてしまったのだろう。

期末《きまつ》テストが近《ちか》かったが、紅絹《もみ》はじっとしていられず誠心館《せいしんかん》に向《む》かった。

(だれも教《おし》えてくれなかった……そうちゃんの家《いえ》がなくなること……。)

もう一度《いちど》見《み》たかった。想志《そうし》が暮《く》らしていた家《いえ》——。


ジムにはいつもの活気《かっき》があふれていた。

「浩二《こうじ》くん、久《ひさ》しぶりね!」

紅絹《もみ》は空手《からて》の練習《れんしゅう》をしていた浩二《こうじ》に声《こえ》をかけた。想志《そうし》がかわいがっていた少年《しょうねん》。小学《しょうがく》四年生《ねんせい》になって背《せ》ものびた。

浩二《こうじ》は一瞬《いっしゅん》、動《うご》きを止《と》めると紅絹《もみ》から目《め》をそむけた。怒《いか》りのこもった横顔《よこがお》。体全体《からだぜんたい》で浩《こう》二《じ》は紅絹《もみ》に話《はな》しかけられるのを拒《こば》んでいる。

(どうして……。)

サンドバッグをたたいていた角谷《かどや》さんが、浩二《こうじ》の様子《ようす》を見《み》て困《こま》ったように目《め》を伏《ふ》せた。

この雰囲気《ふんいき》——なんだか学校《がっこう》で梅宮《うめみや》さんたちに無視《むし》されたときみたいだ。

紅絹《もみ》が硬直《こうちょく》してその場《ば》に立《た》っていると、

「もみちゃん、うわさ、聞《き》いたよ。」

なわとび《ロープ》をしていた国松《くにまつ》さんが、首《くび》にかけていたタオルで汗《あせ》をぬぐいながら近《ちか》づいてきた。国松《くにまつ》さんも無理《むり》に笑顔《えがお》を作《つく》ろうとしているのを感《かん》じる。

「あ、い、いつとつきあってるんだって？」

「えっ？」

口《くち》の中《なか》で、声《こえ》がかすれた。

「リュードだよ、もみちゃんに会《あ》いに来《き》てバイクで事故《じこ》ったって聞《き》いたけど――。」

いつのまにか、ジムの中《なか》の音《おと》が止《や》んでいた。みんなが動《うご》きを止《と》めて、紅絹《もみ》に注目《ちゅうもく》している。

「二人《ふたり》で歩《ある》いてるの、見《み》たぞ！」

いきなり浩二《こうじ》が叫《さけ》んだ。

「あいつと歩《ある》いてるの、見《み》たんだ！」

浩二《こうじ》は肩《かた》を怒《いか》らせて、紅絹《もみ》をにらみつけている。

「もみちゃんの裏切《うらぎ》り者《もの》！」

浩二《こうじ》が叫《さけ》んだ。

11　チャイナタウン

裏切り者《うらぎもの》——！

小学生《しょうがくせい》の浩二《こうじ》に投《な》げつけられた言葉《ことば》は、紅絹《もみ》の心《こころ》に深《ふか》くつきささった。

国松《くにまつ》さんと角谷《かどや》さんがあわてて取《と》りなしてくれたが、紅絹《もみ》の動揺《どうよう》はすぐにはおさまらなかった。そのままジムから走《はし》って帰《かえ》りたい気持《きも》ちを紅絹《もみ》は必死《ひっし》でおさえた。

竜人《りゅうど》と会《あ》っていた——。

それだけで浩二《こうじ》には〝裏切り者《うらぎもの》〟に見《み》えるのだろう。国松《くにまつ》さんも角谷《かどや》さんも紅絹《もみ》になんとなく〝がっかりした〟といった表情《ひょうじょう》をしていた。

紅絹《もみ》が想志《そうし》に夢中《むちゅう》だったことはみんな知《し》っている。その紅絹《もみ》が竜人《りゅうど》とつきあっている——だれもが紅絹《もみ》の気持《きも》ちを疑《うたが》い、軽薄《けいはく》だと感《かん》じるにちがいない。

国松《くにまつ》さんたちはそれ以上《いじょう》、竜人《りゅうど》のことにはふれなかった。気《き》をつかって、話題《わだい》をそらすように冗談《じょうだん》をいっていた。けれど、浩二《こうじ》の機嫌《きげん》は直《なお》らなかった。紅絹《もみ》は動揺《どうよう》したまま簡単《かんたん》なジムワークをこなして逃《のが》れるように誠心館《せいしんかん》をあとにした。

外《そと》に出《で》たとたん、ひざから力《ちから》がぬけそうなほどショックを受《う》けていることに気《き》がついた。

(そうちゃんのことはずっと好《す》きなのに……。)

竜人《りゅうど》と会《あ》う。竜人《りゅうど》とつきあう——それは、やはり許《ゆる》されないことなのかもしれない。菜々実《ななみ》を悲《かな》しませ、果南《かな》を悩《なや》ませ、浩二《こうじ》までも怒《おこ》らせてしまった。

足《あし》を引《ひ》きずるような思《おも》いで家《いえ》に戻《もど》ると、祖母《そぼ》が深刻《しんこく》な顔《かお》をして関根《せきね》さんの肩《かた》をもんでいた。まだ店《みせ》に客《きゃく》はいないらしい。和室《わしつ》に紅絹《もみ》が入《はい》っていくと、

「横浜《よこはま》に行《い》ってくれたんだよ、きょうも、関根《せきね》さん。」

祖母《そぼ》がほっと吐息《といき》をついて、関根《せきね》さんの肩《かた》から手《て》を下《お》ろした。

「もみちゃんから聞《き》いたスナック、二軒《けん》しか回《まわ》れなかったなあ。」

関根《せきね》さんは祖母《そぼ》に目《め》で礼《れい》をいうと、疲《つか》れたように肩《かた》を落《お》とした。

学校《がっこう》や店《みせ》で動《うご》けない紅絹《もみ》や祖母《そぼ》に代《か》わって、関根《せきね》さんは生絹《すずし》の行方《ゆくえ》をさがしてくれている。一日《いちにち》でもはやく生絹《すずし》を見《み》つけだしたい、と関根《せきね》さんもじっとしていられないのだ。

ひとりでさがしに行《い》くことを、祖母《そぼ》たちにも固《かた》く禁《きん》じられた紅絹《もみ》は、関根《せきね》さんに伸夫《のぶお》から聞《き》いたスナックやカラオケの店《みせ》のメモをわたしていた。

「スゥちゃんの写真《しゃしん》なァ、もっと最近《さいきん》のがあればいいんだけどよ。」

紅絹《もみ》が持《も》っているのは、生絹《すずし》が中学生《ちゅうがくせい》のころの写真《しゃしん》だけだ。関根《せきね》さんはその写真《しゃしん》を持《も》って横浜《よこはま》の町《まち》を歩《ある》き回《まわ》っている。生絹《すずし》が横浜《よこはま》以外《いがい》によく行《い》っていたのは〝渋谷《しぶや》〟らしいが、金森伸夫《かなもりのぶお》は〝渋谷《しぶや》の仲間《ダチ》〟は知《し》らない、といっていた。横浜《よこはま》よりほかに、さがすあてはないのだ。

「岡本《おかもと》のうちにも最近《さいきん》のスゥちゃんの写真《しゃしん》、ないんだって。」

岡本《おかもと》の祖父母《そふぼ》も伯父《おじ》の敏達《としたつ》夫妻《ふさい》も生絹《すずし》を必死《ひっし》にさがしているのに――。

(スゥちゃん……どこにいるのよ。)

部屋《へや》に戻《もど》ると、紅絹《もみ》は無意識《むいしき》のうちに、机《つくえ》の上《うえ》のオルゴールのねじを巻《ま》いていた。

去年《きょねん》のクリスマスに竜人《りゅうど》がくれたオルゴール。ロンドンで見《み》つけたといっていた。

円形《えんけい》の小《ちい》さなミニチュアの町《まち》。その周囲《しゅうい》をオルゴールの音色《ねいろ》に合《あ》わせて小《ちい》さな汽車《きしゃ》が回《まわ》る。

――おれのオルゴール、捨《す》てた？

いきなり竜人《りゅうど》に電話《でんわ》で聞《き》かれたのは、竜人《りゅうど》が病院《びょういん》をぬけだしてきた翌日《よくじつ》だった。

まさか……捨《す》てたりはしていない。あせってそう答《こた》えると、

――もみの部屋《へや》になかった。

不服《ふふく》そうに竜人《りゅうど》はいった。紅絹《もみ》の部屋《へや》で竜人《りゅうど》は目《め》ざとくオルゴールが飾《かざ》られていないことを確《たし》かめたらしい。紅絹《もみ》は本棚《ほんだな》のすみのレモンティーの缶《かん》を見《み》られてしまったか、と一瞬《いっしゅん》ヒヤッとしたが竜人《りゅうど》はそのことはいわなかった。

オルゴールはしまってあるのだ、といっても竜人《りゅうど》は〝なら、聞《き》かせろ〟と納得《なっとく》しない。紅絹《もみ》はしかたなく、たんすからオルゴールを取《と》りだすと、ねじを巻《ま》き携帯電話《けいたいでんわ》ごしに竜人《りゅうど》に聞《き》かせた。

――いい曲《きょく》だろ？

竜人《りゅうど》は満足《まんぞく》そうな笑《わら》い声《ごえ》をもらした。

――〝この素晴《すば》らしき世界《せかい》〟。おやじがこの歌好《うたす》きでよく聞《き》いてたんだ。“What《ホワット》 A《ア》 Wonderful《ワンダフル》 World《ワールド》”……いつかそういえる日《ひ》がきっと来《く》るよな、もみとおれにも……。

竜人《りゅうど》の声《こえ》がまだ耳《みみ》に残《のこ》っている。

〝この素晴《すば》らしき世界《せかい》〟。

オルゴールのミニチュアの町《まち》をグルグルと回《まわ》りつづける汽車《きしゃ》――。

紅絹《もみ》はほおづえをついて、汽車《きしゃ》がミニチュアの〝素晴《すば》らしき世界《せかい》〟を回《まわ》るのをじっと見《み》つめていた。

浩二《こうじ》に〝裏切《うらぎ》り者《もの》!〟といわれた。

息《いき》がつまるほどショックを受《う》けたのに、紅絹《もみ》は竜人《りゅうど》がくれたオルゴールを聞《き》いている。

――紅絹《もみ》は自分《じぶん》の気持《きも》ちを処理《しょり》しかねていた。

期末《きまつ》テストが終《お》わり、長《なが》い梅雨《つゆ》が明《あ》けた。

紅絹《もみ》は休日《きゅうじつ》、祖母《そぼ》や関根《せきね》さんと、生絹《すずし》をさがして横浜《よこはま》の町《まち》をあてどもなく歩《ある》き回《まわ》った。

やっとギプスがとれた竜人《りゅうど》もつきあうといってくれたが、紅絹《もみ》は祖母《そぼ》たちと出《で》かけるほうが気《き》が楽《らく》だった。

浩二《こうじ》ににらまれて以来《いらい》、ジムにも行《い》っていない。何《なに》も悪《わる》いことをしているわけではないのに、ジムのみんなと顔《かお》を合《あ》わせるのが後《うし》ろめたかった。

(宮《みや》さんも……もう、そうちゃんの写真《しゃしん》くれないかもしれない。)

そう思《おも》うと紅絹《もみ》はひんやりするほどさびしくなった。

休日《きゅうじつ》の横浜《よこはま》はどこに行《い》っても人《ひと》で混雑《こんざつ》していた。同《おな》じスナックやカラオケ、クラブにも何度《なんど》も足《あし》を運《はこ》んだ。〝ピッコロ・アモーレ〟には岡本《おかもと》の祖父母《そふぼ》もたずねていったらしい。

「何度《なんど》みえても、ほんとうに何《なに》もわからないんですよ。」

口《くち》ヒゲのオーナーはすまなそうにそういった。

生絹《すずし》はどこに行《い》ってしまったのだろう。

眠《ねむ》れない夜《よる》、かすかな物音《ものおと》にも生絹《すずし》が来《き》たのかと紅絹《もみ》は耳《みみ》をそばだてる。夜中《よなか》、ガタンと物音《ものおと》がして、あわてて階下《かいか》に駆《か》けおり、裏口《うらぐち》にいた祖母《そぼ》とはちあわせしたこともあった。

「ネコだよ……。」

祖母《そぼ》も、もしかして生絹《すずし》か、と思《おも》ったのだ。むし暑《あつ》い夏《なつ》の夜《よる》、しばらくの間《あいだ》、紅絹《もみ》は祖《そ》母《ぼ》とぼんやりと裏口《うらぐち》に立《た》ち、聞《き》こえるあてのない足音《あしおと》を待《ま》っていた。

その日《ひ》、五時間目《じかんめ》の英語《えいご》の授業《じゅぎょう》がはじまったばかりの時間《じかん》、突然《とつぜん》、教科書《きょうかしょ》の下《した》にかくしていた携帯電話《けいたいでんわ》の光《ひかり》が点滅《てんめつ》した。

金森伸夫《かなもりのぶお》に、生絹《すずし》の情報《じょうほう》が入《はい》ったらいつだって、授業中《じゅぎょうちゅう》だってかまわないから連絡《れんらく》して——そういってから、紅絹《もみ》は学校《がっこう》にも携帯電話《けいたいでんわ》をこっそり持《も》ってきていた。すばやく発信《はっしん》元《もと》を確《たし》かめる。やはり、伸夫《のぶお》だった。予感《よかん》に打《う》ちふるえ、紅絹《もみ》は携帯電話《けいたいでんわ》をプッシュしながら、廊下《ろうか》に飛《と》びでる。

「ちょっと！　桜木《さくらぎ》さん！」

英語《えいご》の中込先生《なかごめせんせい》の驚《おどろ》いた声《こえ》も耳《みみ》に入《はい》らなかった。

「あ、スゥの妹《いもうと》？　今《いま》、ヤバくない？　スゥの情報入《じょうほうはい》ったんでさァ。」

電話《でんわ》の伸夫《のぶお》の声《こえ》も少《すこ》し興奮《こうふん》している。

「教《おし》えて！　スゥちゃん、見《み》つかったの!?」

紅絹《もみ》は泣《な》きそうな声《こえ》で叫《さけ》んでいた。

「ヤマグチがチャイナタウンで見《み》たって、ゆうべだよ。ヤマグチはミドリの友《ダ》だち《チ》で、スゥとも一回会《かいあ》ったことが——。」

「チャイナタウンて、どこ⁉　なんていうとこ⁉」

紅絹《もみ》は、はやく知《し》りたくて足踏《あしぶ》みをする。

横浜《よこはま》の中華街《チャイナタウン》。漢字《かんじ》で〝風海《ふうかい》〟とかいう店《みせ》で働《はたら》いていたらしい——と伸夫《のぶお》も早口《はやくち》になった。

風《ふう》・海《かい》——チャイナタウン。

バイトでつきあえないことをあやまる伸夫《のぶお》にあせってお礼《れい》をいうと、紅絹《もみ》はそのまま駆《か》けだした。廊下《ろうか》に出《で》てきた中込先生《なかごめせんせい》が何《なに》かいったような気《き》がする。クラスメイト、梅宮《うめみや》さんたちも——。何《なに》もかも紅絹《もみ》には意識《いしき》の外《そと》にあった。

すぐにでも、チャイナタウンに飛《と》んで行《い》きたい——祖母《そぼ》の家《いえ》に戻《もど》っている時間《じかん》はなかった。家《いえ》より学校《がっこう》のほうが駅《えき》に近《ちか》いのだ。

そうだ。財布《さいふ》を持《も》っていない——紅絹《もみ》は青《あお》ざめた表情《ひょうじょう》で職員室《しょくいんしつ》に駆《か》けこむと、ちょうど

机《つくえ》にいた魚崎先生《うおさきせんせい》に、

「先生《せんせい》、電車代《でんしゃだい》、電車代《でんしゃだい》貸《か》してください！」

半分泣《はんぶんな》きだしそうな顔《かお》で頼《たの》んでいた。

中華街《チャイナタウン》——やはり、生絹《すずし》は横浜《よこはま》にいたのだ。こんなに電車《でんしゃ》がのろく感《かん》じたことはない。

紅絹《もみ》は電車《でんしゃ》の中《なか》でも駆《か》けだしたい心境《しんきょう》だった。

——しかし、やっとチャイナタウンにたどり着《つ》いたというのに、だれに聞《き》いても〝風《ふう》海〟という中華料理店《ちゅうかりょうりてん》は知《し》らなかった。交番《こうばん》でたずねても見《み》あたらない。中華街《ちゅうかがい》の案内図《あんないず》にものっていなかった。もう一度《いちど》、仲夫《のぶお》に確《たし》かめようと、携帯電話《けいたいでんわ》にかけたが仕事中《しごとちゅう》なのか通《つう》じなかった。紅絹《もみ》は心臓《しんぞう》がちぢむほどあせっていた。

どんどん日《ひ》がかたむいていく。日暮《ひぐ》れ前《まえ》に生絹《すずし》を見《み》つけださないと、また見失《みうしな》ってしまいそうな気《き》がする。紅絹《もみ》が途方《とほう》にくれたように交番《こうばん》の前《まえ》を行《ゆ》きつ戻《もど》りつしていたとき、

「あ、ちょっと、君《きみ》、さっきの子《こ》。」

地図《マップ》を持《も》った警官《けいかん》が外《そと》に出《で》てきて、紅絹《もみ》を呼《よ》びとめた。紅絹《もみ》はハッと立《た》ち止《ど》まる。

「もしかしたら、漢字《かんじ》まちがえてないかと思《おも》ってね、〝凰海《おうかい》〟って店《みせ》はあるんだよ。」

警官《けいかん》が見《み》せてくれた地図《マップ》──中華街《ちゅうかがい》のはずれに確《たし》かに〝凰海《おうかい》〟という店《みせ》がのっている。

〝風海《ふうかい》〟と〝凰海《おうかい》〟──もし、ヤマグチという人《ひと》が読《よ》みまちがえたとしたら──。

「ありがとう！　行《い》ってみます。」

紅絹《もみ》は警官《けいかん》にお礼《れい》をいうと、案内地図《あんないマップ》をもらって小走《こばし》りで歩《ある》きだした。どんなことでも一応《いちおう》、確《たし》かめてみるのだ。

〝凰海《おうかい》〟は古《ふる》いビルの一階《かい》にある小《ちい》さな店《みせ》だった。息《いき》をつめ、店《みせ》の中《なか》に入《はい》る。赤《あか》い提灯《ちょうちん》がいくつも下《さ》がっている。客《きゃく》はまだ二組《ふたくみ》しかいなかった。

「すみません……ここに、あの、岡本生絹《おかもとすずし》が働《はたら》いていませんか？」

レジにいたエプロン姿《すがた》の太《ふと》ったおばさんに紅絹《もみ》はすがりつくようにたずねていた。

「岡《おか》、本《もと》……？」

おばさんは首《くび》をかしげる。

「あ、桜木《さくらぎ》、桜木《さくらぎ》、かもしれません。」

「いないよ。」

おばさんがぶっきらぼうにそういったとき、奥《おく》の厨房《ちゅうぼう》から——、

「スゥちゃん！」

「モミ！」

生絹《すずし》は大《おお》きく目《め》を見開《みひら》くと、次《つぎ》の瞬間《しゅんかん》、持《も》っていた料理《りょうり》がのっていたトレイをあいたテーブルに置《お》き、はじかれたように外《そと》に飛《と》びだしていく。

「スゥちゃん！」

「ミヤちゃん、、、、どこ行《い》く⁉」

紅絹《もみ》の背後《はいご》でおばさんが生絹《すずし》を別《べつ》の名前《なまえ》で呼《よ》んだ。

「スゥちゃん！　スゥちゃん！」

紅絹《もみ》は生絹《すずし》に追《お》いすがると、懸命《けんめい》にエプロンのはしをつかんだ。

「はなしてよ！　なんでさがすのよッ。私《わたし》のことなんて、ほっといてよッ！」

生絹《すずし》が髪《かみ》を乱《みだ》して叫《さけ》んだ。

「なんでよ……みんな心配《しんぱい》してる……わたしだって、心配《しんぱい》で心配《しんぱい》で、スゥちゃん、心配《しんぱい》で——。」

紅絹《もみ》は泣《な》きながら生絹《すずし》の腕《うで》をつかんだ。

「はなしてったら！　私《わたし》はもう、桜木《さくらぎ》も岡本《おかもと》も関係《かんけい》ないんだから！　ひとりで生《い》きてくんだから！」

生絹《すずし》が紅絹《もみ》をふりほどこうと腕《うで》をふり回《まわ》す。

「いやだッ。はなさないよッ。スゥちゃん、ひとりで苦《くる》しまないで！」

通行人《つうこうにん》が物珍《ものめずら》しそうに二人《ふたり》をふり返《かえ》っていく。立《た》ち止《ど》まって見《み》ている人《ひと》もいた。かまわず紅絹《もみ》は生絹《すずし》にとりすがった。

「なんでいってくれなかったのよッ、スゥちゃん！　早坂鉄昇《はやさかてっしょう》のこと、知《し》ってたのに、なんでわたしに黙《だま》ってたのよッ。」

泣《な》きながら紅絹《もみ》は、生絹《すずし》の腕《うで》を指《ゆび》がくいこむほどにぎりしめる。ビクッとしたように、生絹《すずし》の抵抗《ていこう》が止《と》まった。

「モミ……どうして……!?」

夕闇《ゆうやみ》の中《なか》で生絹《すずし》の目《め》が異様《いよう》に光《ひか》っている。

「会《あ》ったの……早坂鉄昇《はやさかてっしょう》に聞《き》いたのよ！　スゥちゃんが、スゥちゃんがひとりで会《あ》いに来《き》たって……。ごめんね……ごめんね！　スゥちゃん！」

瞬間《しゅんかん》、生絹《すずし》は、息《いき》をつめた。顔《かお》がゆがんでくる。

「あやまることない……全部《ぜんぶ》私《わたし》のせいなんだ……！」

いきなり、生絹《すずし》は低《ひく》くうめいた。

「私《わたし》がよけいなことしたから、うちはこわれちゃったんだ！」

生絹《すずし》は前方《ぜんぽう》をにらんで目《め》をむく。その目《め》からいきなり大粒《おおつぶ》の涙《なみだ》がこぼれ落《お》ちた。

「スゥちゃん……！」

ただならぬ様子《ようす》に紅絹《もみ》は生絹《すずし》から思《おも》わず手《て》をはなした。

「私《わたし》が……アイツとお母《かあ》さんのメール、お父《とう》さんに転送《てんそう》しなかったら……お父《とう》さんは知《し》らなかった！　あんなこと起《お》こらなかったんだ！」

わっと声《こえ》をあげて、生絹《すずし》は両手《りょうて》を顔《かお》に当《あ》ててしゃがみこんだ。

（スゥちゃん……メールって……。）

紅絹《もみ》は体《からだ》がバラバラになるほど混乱《こんらん》していた。

生絹《すずし》が——早坂鉄昇《はやさかてっしょう》と母《はは》のメールを……父《ちち》に転送《てんそう》したのか。父《ちち》に、母《はは》の不倫《ふりん》を、生絹《すずし》が教《おし》えたのか……。

「私《わたし》がこわしたんだ！　私《わたし》がメチャクチャにしたんだ！　あの家《いえ》を、こわした！　モミにはもう会《あ》えない！　だれにも……！　……私《わたし》なんかどうなったっていいんだ！」

泣《な》きじゃくっていた生絹《すずし》はそう叫《さけ》ぶと、いきなり立《た》ち上《あ》がって、すべてをふり払《はら》うような勢《いきお》いで走《はし》りだした。

「……スゥ！　スゥちゃん！」

つまずきそうになりながら、紅絹《もみ》は生絹《すずし》を追《お》った。生絹《すずし》をぜったいに見失《みうしな》いたくない。ぜったいに！

「スゥちゃん！」

生絹《すずし》は大通《おおどお》りに出《で》ると、ちょうど停《と》まっていたタクシーに手《て》をあげ、飛《と》びのった。

「スゥちゃーん!!」

紅絹《もみ》は絶叫《ぜっきょう》すると、大通《おおどお》りに飛《と》びだす。走《はし》りだしたタクシーの前《まえ》に両手《りょうて》を広《ひろ》げて立《た》ちはだかった。

とたん、バンパーにはじき飛《と》ばされ、紅絹《もみ》の体《からだ》が通《とお》りにころがった。キィーッとブレーキの音《おと》。人々《ひとびと》のどよめき——。

「モミ——ッ！」

生絹《すずし》がタクシーから叫《さけ》びながらおりてくると、倒《たお》れた紅絹《もみ》に駆《か》け寄《よ》る。

スゥ、ちゃん……。

呼《よ》んでいるのに声《こえ》が出《で》てこないよ……。

「モミ！」

泣《な》きながら自分《じぶん》を抱《だ》きしめている生絹《すずし》の細《ほそ》い腕《うで》を、紅絹《もみ》は必死《ひっし》につかんだ。両手《りょうて》で、力《ちから》いっぱいつかんだ。

「行《い》かないから……モミ、もう、行《い》かないから！」

生絹《すずし》の涙《なみだ》が紅絹《もみ》の首筋《くびすじ》に流《なが》れ落《お》ちる。

遠《とお》くでサイレンの音《おと》が聞《き》こえた。

12　どうしよう……

病院《びょういん》は嫌《きら》いなのに――。

薬品《やくひん》の匂《にお》いのしみこんだ病院《びょういん》の正面玄関《しょうめんげんかん》が見《み》える待合室《まちあいしつ》に、紅絹《もみ》は生絹《すずし》に肩《かた》を抱《だ》かれてすわっていた。今《いま》は生絹《すずし》が紅絹《もみ》から手《て》をはなさない。

意識《いしき》もはっきりしていたし、だいじょうぶだといいはったのに、紅絹《もみ》は泣《な》きじゃくる生絹《すずし》と救急車《きゅうきゅうしゃ》に運《はこ》びこまれた。通行人《つうこうにん》のだれかが救急車《きゅうきゅうしゃ》を呼《よ》んだらしい。

紅絹《もみ》にケガはなかった。足《あし》や腕《うで》の傷《きず》はころんだときにできたのだ、というとタクシーの運転手《うんてんしゅ》もほっとしたような顔《かお》をしていた。

紅絹《もみ》が診察《しんさつ》を受《う》けている間《あいだ》に、生絹《すずし》が岡本《おかもと》の祖母《そぼ》と桜木《さくらぎ》の家《いえ》に連絡《れんらく》をしてくれたらしい。

「モミのケイタイ、借《か》りたよ。両方《りょうほう》とも泣《な》かれて話《はなし》がなかなかできなかった。」

診察《しんさつ》を終《お》えた紅絹《もみ》に、泣《な》きはらした目《め》で生絹《すずし》が困《こま》ったように笑《わら》った。

岡本《おかもと》の祖父母《そふぼ》がすぐに迎《むか》えに来《く》るという。

「桜木《さくらぎ》のおばあちゃんと関根《せきね》さんも来《く》るっていったけど、オカジイが会社《かいしゃ》から車回《くるまわ》してくれるっていってたから、送《おく》っていくってやっと説得《せっとく》したの。」

紅絹《もみ》はうなずいた。心配性《しんぱいしょう》の関根《せきね》さんが運転《うんてん》してくる途中《とちゅう》、事故《じこ》でも起《お》こしたらたいへんだ。それに岡本《おかもと》の祖父母《そふぼ》は、桜木《さくらぎ》の祖母《そぼ》に会《あ》いたくないだろう。

紅絹《もみ》は自分《じぶん》の肩《かた》をつかんでいる生絹《すずし》の手《て》をそっと見《み》やった。少《すこ》し荒《あ》れている。生絹《すずし》の横《よこ》顔《がお》も急《きゅう》に大人《おとな》びて見《み》えた。

――私《わたし》がメチャクチャにしたんだ！　あの家《いえ》を――。

激《はげ》しく、絶望的《ぜつぼうてき》な生絹《すずし》の声《こえ》が紅絹《もみ》の全身《ぜんしん》にまだつきささっていた。

生絹《すずし》の苦《くる》しみは、母《はは》と早坂鉄昇《はやさかてっしょう》の関係《かんけい》を知《し》ったことだけではなかったのだ。

（スゥちゃんのせいじゃない！　お母《かあ》さんが死《し》んだのは、スゥちゃんがお父《とう》さんに知《し》らせたからじゃない！）

けれど——生絹《すずし》はそう思《おも》いこみ、今《いま》まで苦《くる》しみつづけてきたのだ。みんなの前《まえ》から姿《すがた》を消《け》してしまいたくなるほど——。

生絹《すずし》の気持《きも》ちを楽《らく》にさせたいのに、今《いま》の紅絹《もみ》には、どんな言葉《ことば》をかけたらいいのかわからなかった。

「……よく私《わたし》のいるとこ、わかったね。」

生絹《すずし》がやっと紅絹《もみ》の肩《かた》から手《て》をほどいた。

「金森《かなもり》さんが電話《でんわ》くれて。」

「金森《かなもり》？　ノブのこと？　どうしてモミが知《し》ってるの？」

生絹《すずし》は伸夫《のぶお》に紅絹《もみ》の携帯番号《けいたいばんごう》を教《おし》えてしまったことを忘《わす》れていたようだ。

「ノブにも会《あ》ったんだ……モミ。」

生絹《すずし》がうつむいてため息《いき》をつく。

「金森《かなもり》さんもさがしてくれて……そしたら、ゆうべ、ヤマグチって人《ひと》がスゥちゃんを〝風《ふう》海《かい》〟で見《み》たって。」

「ヤマグチ？」

生絹《すずし》は〝ヤマグチ〟には心《こころ》あたりはないらしい。

「〝風海《ふうかい》〟って……ああ、ノブ、漢字読《かんじよ》めなかったんだねぇ、〝凰海《おうかい》〟なのに。」

生絹《すずし》がクスッと笑《わら》う。

「ヤマグチが読《よ》みちがえたのよ。」

あの警察官《けいさつかん》には感謝《かんしゃ》しなくてはならない。もしかして、と〝凰海《おうかい》〟を教《おし》えてくれたのだから——。

「スゥちゃんのこと、店《みせ》のおばさん〝ミヤちゃん〟て呼《よ》んでたね。」

紅絹《もみ》がたずねると、生絹《すずし》は下《した》を向《む》いた。

「私《わたし》、ずっと〝本木《もとき》ミヤ〟って名《な》のってたから。」

本木《もとき》ミヤ——。

紅絹《もみ》は小《ちい》さく息《いき》をついた。その名前《なまえ》を聞《き》いただけで生絹《すずし》の気持《きも》ちが痛《いた》いほど伝《つた》わってくる。岡本《おかもと》の〝本《もと》〟と桜木《さくらぎ》の〝木《き》〟。そしてミヤは昔《むかし》、マンションに住《す》んでいたころ、こっそり二人《ふたり》で飼《か》っていたすてネコの〝ミーヤ〟の名前《なまえ》だ。

そのとき、待合室《まちあいしつ》にいても外《そと》からの足音《あしおと》が聞《き》こえた。玄関《げんかん》から駆《か》けこんできた岡本《おかもと》の祖《そ》

母《ぼ》が、

「スゥ！」

生絹《すずし》を見《み》つけ、飛《と》びかかるように抱《だ》きついてきた。

「おばあちゃん……！」

生絹《すずし》も声《こえ》をつまらせ、泣《な》きだした。

「よかった……スゥ、よかった……。」

岡本《おかもと》の祖母《そぼ》の髪《かみ》は、もう染《そ》める気力《きりょく》もなくなったのか白《しろ》く、乱《みだ》れていた。岡本《おかもと》の祖母《そぼ》はしばらくの間《あいだ》、生絹《すずし》を抱《だ》きしめて泣《な》いていたが、ハッと気《き》がついたように、目《め》をしょぼつかせて紅絹《もみ》を見《み》た。

「もみがスゥを見《み》つけてくれたのね……ありがとう……ありがとう、もみ！」

岡本《おかもと》の祖母《そぼ》に手《て》をつかまれて、紅絹《もみ》は瞬間《しゅんかん》、言葉《ことば》につまった。岡本《おかもと》の祖母《そぼ》にお礼《れい》をいわれたのははじめてだったから——。

祖父《そふ》の充敏《みつとし》が会社《かいしゃ》の車《くるま》で病院《びょういん》に到着《とうちゃく》してまもなく、伯父《おじ》の敏達《としたつ》も駆《か》けつけてきた。目《め》をうるませた祖父《そふ》や敏達《としたつ》に囲《かこ》まれて生絹《すずし》はまた泣《な》いた。その泣《な》き顔《がお》は紅絹《もみ》が久《ひさ》しぶりに見《み》た

生絹《すずし》らしい素直《すなお》な表情《ひょうじょう》だった。

桜木《さくらぎ》の家《いえ》まで送《おく》っていく、という祖父《そふ》や敏達《としたつ》を断《ことわ》って、紅絹《もみ》はひとりで祖父《そふ》の会社《かいしゃ》の車《くるま》に乗《の》った。

「もうどこにも行《い》かないから。」

車《くるま》の窓《まど》を開《あ》けた紅絹《もみ》に、生絹《すずし》のほうから声《こえ》をかけてきた。

「近《ちか》いうちに連絡《れんらく》するよ。」

ほっとして紅絹《もみ》はうなずく。紅絹《もみ》を見送《みおく》る岡本《おかもと》の祖父母《そふぼ》も敏達《としたつ》も、今《いま》まで見《み》たことのないようなやわらかい面差《おもざ》しをしていた。

祖父《そふ》の会社《かいしゃ》の車《くるま》はシートも深々《ふかぶか》としていて乗《の》り心地《ごこち》がよかった。紅絹《もみ》は長《なが》いため息《いき》をつくと、窓《まど》にもたれた。

なんて長《なが》い一日《いちにち》だったのだろう。

（……スゥちゃんが、見《み》つかった……。）

それだけで、体《からだ》がほんのりとあたたかくなってくる。初老《しょろう》の無口《むくち》な運転手《うんてんしゅ》に声《こえ》をかけられるまで、紅絹《もみ》は眠《ねむ》りこんでいたらしい。少《すこ》し開《あ》けていた窓《まど》から川《かわ》の匂《にお》いがした。桜木《さくらぎ》の祖母《そぼ》のおでん屋《や》のすぐ近《ちか》くまで来《き》ていた。

運転手《うんてんしゅ》にお礼《れい》をいって車《くるま》をおりたあと、紅絹《もみ》はすぐに祖母《そぼ》の店《みせ》に入《はい》ることができず、少《すこ》しの間《あいだ》、その場《ば》にたたずんでいた。

もう、夜《よる》の十一時半《じはん》をすぎている。

学校《がっこう》を飛《と》びだしてから、一度《いちど》も祖母《そぼ》に連絡《れんらく》をしていない。生絹《すずし》から電話《でんわ》があるまで祖母《そぼ》も関根《せきね》さんもどんなに気《き》をもんでいただろう。

(あやまるっきゃないね……。)

おでん屋《や》の提灯《ちょうちん》はともっていたが、のれんは下《お》ろされていた。

「――ただいまァ。」

紅絹《もみ》が店《みせ》の引《ひ》き戸《ど》を開《あ》けると、カウンターのすみにすわっていた竜人《りゅうど》がふり返《かえ》った。カウンターにいた祖母《そぼ》と、和室《わしつ》のほうから関根《せきね》さんも飛《と》びだしてくる。

「もみちゃん！　無事《ぶじ》か!?」

関根《せきね》さんが紅絹《もみ》を不安気《ふあんげ》にのぞきこんだ。

「そ、その足《あし》の包帯《ほうたい》は……？」

「車《くるま》にはねられたっていうから、スゥちゃんが……もう、心配《しんぱい》で。」

祖母《そぼ》は紅絹《もみ》の顔《かお》を見《み》て、気《き》がゆるんだような声《こえ》をあげ、エプロンで目頭《めがしら》をぬぐった。

「ころんだだけなの……心配《しんぱい》かけてごめんなさい。」

紅絹《もみ》は神妙《しんみょう》に頭《あたま》を下《さ》げた。竜人《りゅうど》の視線《しせん》を感《かん》じていたが、ふり返《かえ》ることができない。

「学校《がっこう》、飛《と》びだしたって……魚崎先生《うおさきせんせい》がみえて……林田《はやしだ》さんって女《おんな》の子《こ》もカバン持《も》ってきてくれたんだよ。」

「スゥちゃんが見《み》つかったって、授業中《じゅぎょうちゅう》に電話《でんわ》があったから……。」

申《もう》しわけなくて、紅絹《もみ》が下《した》を向《む》くと、

「そうだよォ、スゥちゃんが電話《でんわ》くれたんだよォ。」

関根《せきね》さんが感《かん》にたえないように叫《さけ》んだ。

「やっぱり、もみちゃんだ、姉妹《きょうだい》の絆《きずな》は深《ふか》いもんだなァ。」

「それで、今《いま》、スゥちゃんは……？」

祖母《そぼ》が泣《な》き笑《わら》いの表情《ひょうじょう》でたずねる。

「元気《げんき》だった……元気《げんき》で岡本《おかもと》のうちに帰《かえ》っていったよ……また、連絡《れんらく》するって。」

紅絹《もみ》が簡単《かんたん》に報告《ほうこく》すると、カウンターの席《せき》で竜人《りゅうど》が立《た》ち上《あ》がった。

「もみが帰《かえ》ってきたんで……おれ、帰《かえ》ります。」

ふり返《かえ》った紅絹《もみ》を竜人《りゅうど》がほっとしたように見《み》つめている。

「電話《でんわ》で、つい話《はな》しちまったら、わざわざ来《き》てくだすったんだよ、倉沢《くらさわ》くん……。」

祖母《そぼ》が申《もう》しわけなさそうにいった。

「倉沢《くらさわ》さん、足《あし》は……!?」

「人《ひと》の心配《しんぱい》より自分《じぶん》の心配《しんぱい》しろよ。」

竜人《りゅうど》はふっと笑《わら》うと、置《お》いてあったヘルメットをつかんだ。祖母《そぼ》たちに挨拶《あいさつ》して店《みせ》を出《で》ていく。関根《せきね》さんは、ちょっと首《くび》をすくめただけだった。

「もうバイク、乗《の》れるの?」

竜人《りゅうど》を追《お》って、紅絹《もみ》も店《みせ》を出《で》た。

「リハビリ中《ちゅう》で、ほんとはダメなんだけどな。そんなこといってられないだろ、心配《しんぱい》かけやがって。」

ヘルメットを抱《かか》えたまま竜人《りゅうど》は紅絹《もみ》をのぞきこんだ。その目《め》がおしおきするように

〝めっ！〟と光《ひか》っている。

「バイク、もう直《なお》ったのね。」

「ああ、全損《ぜんそん》じゃなくて助《たす》かったよ。」

道《みち》のはしに停《と》めてあったバイクに向《む》かう竜人《りゅうど》の歩《ある》き方《かた》は以前《いぜん》と変《か》わらない。紅絹《もみ》はほっとした。

「スゥちゃん姉《ねえ》さん、見《み》つかってよかったな。」

バイクに寄《よ》りかかって、静《しず》かに竜人《りゅうど》がいった。

「車《くるま》に両手《りょうて》広《ひろ》げて飛《と》びだしたんだって？　おばあさんもうろたえてたけど、おれも聞《き》いたとき、一瞬《いっしゅん》、まっ白《しろ》になったぞ。」

竜人《りゅうど》は目《め》を細《ほそ》めた。

「……スゥちゃんを見失《みうしな》いそうだったから。」

紅絹《もみ》は竜人《りゅうど》の視線《しせん》をそっとはずす。

「おれは、役《やく》に立《た》たない？」

「えっ？」

目《め》が合《あ》った。竜人《りゅうど》の目《め》は強《つよ》く光《ひか》っていた。

「ひとりで行《い》っちゃうからさ。」

川《かわ》の流《なが》れる音《おと》が聞《き》こえた。紅絹《もみ》は吐息《といき》をつくと、夜《よる》の川面《かわも》を見《み》つめた。

「事件《じけん》があってから……いつもひとりだったから……くせになったのかな、ひとりで動《うご》くの……。」

「守《まも》ってやるから。」

低《ひく》いが、はっきりした声《こえ》で竜人《りゅうど》はいった。

えっ、と紅絹《もみ》は竜人《りゅうど》を見《み》つめる。

「これからは、おれが守《まも》ってやるから。」

竜人《りゅうど》はそういうと、

「忘《わす》れんなよ。」

ふっと笑《わら》ってヘルメットをかぶった。

紅絹《もみ》はぼんやりと竜人《りゅうど》がバイクのエンジンをふかすのを見《み》つめていた。

——守《まも》ってやるから。

空《そら》からふわっと薄絹《うすぎぬ》の衣《ころも》が降《ふ》ってきて肩《かた》にかかったようなやさしい言葉《ことば》の感触《かんしょく》。

片手《かたて》を上《あ》げて、竜人《りゅうど》がバイクを発車《はっしゃ》させる。爆音《ばくおん》をとどろかせ走《はし》りだした竜人《りゅうど》の背《せ》を見《み》ていた紅絹《もみ》は、ハッとつき動《うご》かされるように走《はし》りだした。

「倉沢《くらさわ》さん！　待《ま》って！　倉沢《くらさわ》さん！」

気《き》がついた竜人《りゅうど》が、ちょうど橋《はし》のたもとでバイクを止《と》めた。そう、〝死《し》の橋《はし》〟のたもと――。

「その橋《はし》、わたらないで!?　お願《ねが》い！」

紅絹《もみ》の大声《おおごえ》に、竜人《りゅうど》がエンジンをふかしたままフルフェイスのヘルメットをはずす。

「なんだ？　この橋《はし》、わたれないのか？」

「ちがうの……死《し》の橋《はし》だから……この橋《はし》をわたると不幸《ふこう》になるの。」

紅絹《もみ》は必死《ひっし》になっていった。

「死《し》の橋《はし》……？」

バイクのヘッドライトが橋《はし》のたもとの文字《もじ》を浮《う》かび上《あ》がらせている。〝しの橋《はし》〟と。

「ただ字《じ》が消《き》えてるだけじゃないか、そんなこと、もみは気《き》にしてるのか？」

「バカみたいだけど、いやなの……そうちゃんも、お父《とう》さんも、わたった……倉沢《くらさわ》さんもわたったから、事故《じこ》に……。」

竜人《りゅうど》の目《め》が街灯《がいとう》の下《した》で、痛《いた》ましそうに紅絹《もみ》を見《み》つめうるんでいく。

「……わかったよ、わたらねぇよ、安心《あんしん》しろ。」

竜人《りゅうど》はほほえむと、またヘルメットをかぶった。紅絹《もみ》は竜人《りゅうど》のバイクがうなりながら橋《はし》をわたらず、まっすぐに夜《よる》に吸《す》いこまれていくのをじっと見《み》つめていた。

机《つくえ》の上《うえ》で携帯電話《けいたいでんわ》のバイブがうなっている。やっと夜《よ》が明《あ》けきった時間《じかん》だった。生絹《すずし》は見《み》つかったが、まだ、紅絹《もみ》の体《からだ》は熟睡《じゅくすい》していてもすぐに反応《はんのう》する。あわてて携帯電話《けいたいでんわ》をつかむと、

「起《お》きてたか？」

さわやかな竜人《りゅうど》の声《こえ》が紅絹《もみ》の全身《ぜんしん》を目《め》ざめさせた。

「どうしたの？　倉沢《くらさわ》さん、こんなに早《はや》く。」

「窓《まど》の外《そと》、見《み》てみろよ、橋《はし》、見《み》えるだろ？」

のびのびとした明《あか》るさが、竜人《りゅうど》の声《こえ》から伝《つた》わってくる。

「……橋《はし》?」

紅絹《もみ》は電話《でんわ》を耳《みみ》にあてたまま、カーテンを開《あ》けた。

「橋《はし》のとこ、赤《あか》いの見《み》えるか? 夜中《よなか》、ちゃんとラッカー吹《ふ》きかけて、〝しののめ橋《ばし》〟に戻《もど》しといたからな。」

あっ、と紅絹《もみ》は口《くち》の中《なか》で声《こえ》をあげた。

橋《はし》のたもと――〝しの橋《はし》〟と読《よ》んでいたところに朝日《あさひ》が当《あ》たって赤《あか》くきらめいている。

「〝死《し》の橋《はし》〟なんてあったらたまんねぇよ。もみ、つまんねぇことこだわるな。戻《もど》しといたから、もうわたれるな。」

竜人《りゅうど》はそういって笑《わら》うと、電話《でんわ》を切《き》った。

〝死《し》の橋《はし》〟を戻《もど》した――?

とたん、紅絹《もみ》はパジャマのまま下《した》におりると、外《そと》に飛《と》びだした。橋《はし》のたもとに走《はし》っていく。つんのめるように紅絹《もみ》は立《た》ち止《ど》まった。

〝しの橋《はし》〟の消《き》えた二文字《ふたもじ》の上《うえ》にもきれいに赤《あか》いラッカーが吹《ふ》きかけられ、

〝しののめ橋《ばし》〟——まるでよみがえったように輝《かがや》いていた。

瞬間《しゅんかん》、紅絹《もみ》の心臓《しんぞう》がキュッとしまった。

夜中《よなか》、竜人《りゅうど》はどこからかラッカーを手《て》に入《い》れて引《ひ》き返《かえ》してきたのだ。〝死《し》の橋《はし》〟を生《い》き返《かえ》らせるために。

(リュード……。)

しゃがみこみたいような熱《あつ》い感情《かんじょう》が押《お》し寄《よ》せてきて、紅絹《もみ》は胸《むね》を強《つよ》くおさえた。

(どうしよう……そうちゃん、どうしよう……わたし、どんどん、リュードが好《す》きになっていく……どうしたらいいの……どうしたら止《と》められるの、この気持《きも》ち……。)

13　因縁《いんねん》の日《ひ》に

夏休《なつやす》みに入《はい》ってすぐ、生絹《すずし》がたずねてきた。みんな浮《う》き足立《あしだ》ち、関根《せきね》さんなどはプリンやゼリーを食《た》べきれないほど買《か》ってきて、祖母《そぼ》に笑《わら》われていた。関根《せきね》さんは生絹《すずし》のこともほんとうの孫《まご》のように思《おも》ってくれているのだ。生絹《すずし》が見《み》つかってからは何度《なんど》も電話《でんわ》で関根《せきね》さんのことを話《はな》していたので、生絹《すずし》の接《せっ》し方《かた》も以前《いぜん》と少《すこ》し変《か》わっていた。

生絹《すずし》はあらためて、心配《しんぱい》をかけたことを祖母《そば》たちにわびると、

「これ、オカバアから。」

紙袋《かみぶくろ》を出《だ》した。中《なか》に入《はい》っていたタッパーを見《み》て、祖母《そぼ》の動《うご》きが一瞬《いっしゅん》、止《と》まった。祖母《そぼ》がおでんなどをつめて紅絹《もみ》に持《も》たせてくれたタッパーだった。中《なか》には〝もらい物《もの》だけどってオカバアが——。〟と生絹《すずし》が注釈《ちゅうしゃく》したクッキーや草加《そうか》せんべいが入《はい》っていた。

「それはそれは……。」

祖母《そぼ》は小《ちい》さな声《こえ》でそういって、そのタッパーをおしいただくように受《う》け取《と》った。紅絹《もみ》には祖母《そぼ》、キヨ子《こ》の心《こころ》の動《うご》きがわかった。祖母《そぼ》は岡本《おかもと》の祖母《そぼ》に拒絶《きょぜつ》されてもしかたないと思《おも》いつつ、おでんなどをことづけたのだ。紅絹《もみ》は憎《にく》しみにこり固《かた》まっていた岡本《おかもと》の祖母《そぼ》の心《こころ》がほんの少《すこ》しほぐれたような気《き》がして、タッパーを台所《だいどころ》に持《も》っていく祖母《そぼ》の背《せ》をそっと見《み》やった。

祖母《そぼ》が作《つく》ったオムライスの昼食《ちゅうしょく》をすませると、紅絹《もみ》は生絹《すずし》と並《なら》んで二階《かい》の窓《まど》べりにもたれ、しゃべりつづけていた。いくら話《はな》しても話《はな》したりない。生絹《すずし》は、長《なが》く学校《がっこう》に行《い》けなかったのに紅絹《もみ》の成績《せいせき》がいいことを、自分《じぶん》のことのように喜《よろこ》んでくれ、

「私《わたし》はダメ……学校《がっこう》、やめることにしたの。」

さっぱりした口調《くちょう》で告《つ》げた。

「いじめ、あったの……？」

「トーゼン！」

生絹《すずし》はもう超越《ちょうえつ》したように明《あか》るく声《こえ》を張《は》り上《あ》げる。その声《こえ》に驚《おどろ》いたのか川《かわ》ぞいの桜並木《さくらなみき》

のセミがいっせいに少《すこ》しの間《あいだ》、鳴《な》きやんだ。

「みんなハイエナみたいだったよ……オカジイのコネで入《はい》ったこともすぐバレたし、事件《じけん》のことも……モミはだいじょうぶ?」

だいじょうぶ、と紅絹《もみ》は笑《わら》って答《こた》えた。梅宮《うめみや》さんたちのいじめくらいは乗《の》りこえられる。生絹《すずし》はもっとつらい思《おも》いをしてきたんだもの——。自分《じぶん》には林田《はやしだ》さんがいるし、それに……〝守《まも》ってくれるひと〟も——。

生絹《すずし》は秋《あき》から塾《じゅく》に行《い》って〝大検《だいけん》〟を受《う》けるつもりだ、と明《あか》るくいった。

こんなにくつろいだ気分《きぶん》で生絹《すずし》と話《はな》したのは何年《なんねん》ぶりだろう。生絹《すずし》はときどき笑《わら》い声《ごえ》をあげた。母《はは》の香枝《かえ》に似《に》た澄《す》んだ笑《わら》い声《ごえ》。

生絹《すずし》は家出《いえで》したあとのことも簡単《かんたん》に話《はな》してくれた。

「ときどき、うちに帰《かえ》りたくなくて一人《ひとり》でマンガ喫茶《きっさ》で夜明《よあ》かししてたんだ。だれとも会《あ》いたくなかったとき……そこでバイトしてた人《ひと》と仲《なか》よくなったの。中国人《ちゅうごくじん》の女《おんな》の子《こ》、っていったって二十一歳《さい》の大学生《だいがくせい》なんだけど、その子《こ》のマンションにころがりこんだの。自立《じりつ》した、すごくしっかりしたまじめな人《ひと》だよ。」

生絹《すずし》はその女子大生《じょしだいせい》にも〝本木《もとき》ミヤ〟と名《な》のっていたらしい。

「まだその人《ひと》にほんとのことといってないんだ……いろいろ詮索《せんさく》する人《ひと》じゃないから、助《たす》かったけど……あやまんなきゃね。」

と生絹《すずし》は首《くび》をすくめた。

その女子大生《じょしだいせい》の親戚《しんせき》の店《みせ》が、

「風海、でね。いつまでもその人《ひと》のとこに世話《せわ》になってるわけにもいかないし、住《す》みこみオーケーだっていうから……だけど、あの店《みせ》に行《い》って五日目《いつかめ》にモミに御用《ごよう》！になっちゃった。」

生絹《すずし》が苦笑《くしょう》する。

「心配《しんぱい》したんだから……みんな。あの金森《かなもり》くんだって。」

うらめし気《げ》に紅絹《もみ》は生絹《すずし》をのぞきこむ。きょうの生絹《すずし》はメイクをしていない。生《い》き生《い》きとした表情《ひょうじょう》は昔《むかし》のままの生絹《すずし》だ。

「ノブにもお礼《れい》いっといたよ。ちょっと気《き》を許《ゆる》すとすぐズにのるから困《こま》るのよね、ノブは。」

生絹《すずし》はクスッと肩《かた》をすくめた。

おやつに関根《せきね》さんが買《か》ってきたプリンやゼリーを食《た》べ終《お》わると、生絹《すずし》はもう横浜《よこはま》に帰《かえ》るという。一晩《ひとばん》くらい泊《と》まっていってほしかったが、生絹《すずし》は「オカバアが心配《しんぱい》。」だと真面目《まじめ》な顔《かお》になった。

「私《わたし》が出《で》かけると、帰《かえ》ってくるまで不安《ふあん》らしいの。オカジイもオカバアも相変《あいか》わらずだけどさ。ずいぶん心配《しんぱい》かけちゃったからね。なんか二人《ふたり》ともひどく年《とし》とっちゃってさ……。」

帰《かえ》るまぎわになって、生絹《すずし》はトートバッグから思《おも》い出《だ》したように、くまのぬいぐるみを取《と》りだした。以前《いぜん》、倫子《みちこ》がおみやげにくれ、〝くまとうさぎ、どちらかを生絹《すずし》に。〟といったので両方《りょうほう》を紅絹《もみ》は生絹《すずし》に送《おく》ったのだ。

「私《わたし》はうさぎをもらったから。」

「それ、持《も》ってたの？　スゥちゃんの部屋《へや》入《はい》ったとき、なかったから。」

紅絹《もみ》はうれしくなって、小《ちい》さなくまのぬいぐるみを受《う》け取《と》り、ほおずりをする。

「モミが来《き》たことも聞《き》いたよ……私《わたし》、ぬいぐるみ持《も》って家《いえ》を出《で》たんだ……トワレも。」

生絹《すずし》は何《なに》かをこらえるように下《した》を向《む》く。紅絹《もみ》もうつむいた。その言葉《ことば》だけでじゅうぶんだと思《おも》った。生絹《すずし》も紅絹《もみ》をいつも忘《わす》れずにいてくれたのだ。

生絹《すずし》をバス停《てい》まで送《おく》っていく。

「この橋《はし》、やっと名前《なまえ》をぬりかえたんだ。」

生絹《すずし》は〝しののめ橋《ばし》〟をわたりながら「ド派手《はで》な色《いろ》にしたんだね。」と笑《わら》った。

「でも、もうこの橋《はし》、堂々《どうどう》とわたれるね。」

そういって橋《はし》の前方《ぜんぽう》を見《み》た生絹《すずし》に紅絹《もみ》は大《おお》きくうなずいた。生絹《すずし》も心《こころ》のどこかで〝死《し》の橋《はし》〟にこだわっていたのだ。

竜人《りゅうど》のしわざなのだ、といつか生絹《すずし》に話《はな》そう。想志《そうし》の思《おも》い出《で》もみんな——。

「スゥちゃん……。」

橋《はし》のまん中《なか》あたりで、紅絹《もみ》は歩《あゆ》みをゆるめた。どうしてもいっておきたいこと。

「わたし……お父《とう》さんに会《あ》ったよ。」

ハッとしたように、生絹《すずし》は立《た》ち止《ど》まる。

「おばあちゃんがかぜひいて、代《か》わりにしかたなく面会《めんかい》に行《い》ったの……。」

生絹《すずし》は紅絹《もみ》に背《せ》を向《む》け、橋《はし》の欄干《らんかん》に手《て》を置《お》いた。

「……どうだった？」

やっと聞《き》きとれるほどの生絹《すずし》の声《こえ》。

「元気《げんき》だったよ……泣《な》いちゃって、こんなとこひとりで来《く》るな、って泣《な》いちゃって、なんにも話《はな》せなかった……。」

川《かわ》は午後《ごご》の光《ひかり》に、淡《あわ》くきらめいていた。生絹《すずし》はじっと川面《かわも》を見《み》つめたままだ。

「スゥちゃんのこと……心配《しんぱい》してて……岡本《おかもと》になったって、スゥちゃんは自分《じぶん》の娘《むすめ》なんだからって──。」

ふいに、生絹《すずし》は肩《かた》をゆすって歩《ある》きだす。紅絹《もみ》は口《くち》を閉《と》じた。生絹《すずし》はまだ父《ちち》のことを聞《き》きたくないのだ。

バス停《てい》まで二人《ふたり》は黙《だま》って歩《ある》いた。

すぐにやってきた駅前行《えきまえゆ》きのバスに乗《の》りこむとき、

「また会《あ》おうね、モミ。」

生絹《すずし》はそういってほほえむと、力強《ちからづよ》く紅絹《もみ》の手《て》をにぎりしめた。

生絹《すずし》の表情《ひょうじょう》がやわらかくなった、と祖母《そぼ》と関根《せきね》さんが話《はな》している。

「大人《おとな》になったなァ、スゥちゃん……しゃべり方《かた》もなんか変《か》わった気《き》がするんだよなァ。」

関根《せきね》さんが首《くび》をかしげていた。

生絹《すずし》はもう自分《じぶん》のことを〝スゥ〟といわなくなったのだ、といおうとして、紅絹《もみ》はやめた。なんとなくさびしかった。

ぬいぐるみのくまを棚《たな》の上《うえ》、竜人《りゅうど》がくれたオルゴールの横《よこ》に飾《かざ》った。急《きゅう》に〝この素晴《すば》らしき世界《せかい》〟が聞《き》きたくなって、オルゴールを手《て》に取《と》る。ねじを巻《ま》き、机《つくえ》の上《うえ》に置《お》いた。

あたたかく、ゆったりとしたメロディが流《なが》れる。紅絹《もみ》はカレンダーを見上《みあ》げる。

(そうちゃん……わたし、いけないよね……そうちゃんのこと、こんなに好《す》きなのに……。一生《いっしょう》に一人《ひとり》って誓《ちか》ったのに……。)

どうしたらいいのだろう。

竜人《りゅうど》の電話《でんわ》を待《ま》っている。毎日《まいにち》のように連絡《れんらく》があったのに、三日《みっか》もかかってこない。耳《みみ》が竜人《りゅうど》の声《こえ》を聞《き》きたがっている。目《め》が竜人《りゅうど》の顔《かお》を見《み》たがっている——。

(わたしって……こんなにいいかげんだったの？　そうちゃん……こんな気持《きも》ち、恥《は》ずかしい……。）

オルゴールの曲《きょく》が途切《とぎ》れ、ミニチュアの汽車《きしゃ》が止《と》まった。

竜人《りゅうど》からの電話《でんわ》がとぎれて五日目《いつかめ》。

「もみー、長崎《ながさき》さんがおみえだよ。」

階段《かいだん》の下《した》で祖母《そぼ》が呼《よ》んでいる。倫子《みちこ》がファックスしてくれる〝夏休《なつやす》み特別講座《とくべつこうざ》〟の英語《えいご》のプリントをやっていた紅絹《もみ》は、一呼吸後《ひとこきゅうのち》、返事《へんじ》をした。

あれから誠心館《せいしんかん》には行《い》っていない。

——リュードとつきあっている。

そのうわさはもう長崎会長《ながさきかいちょう》の耳《みみ》にも届《とど》いているだろう。

何《なに》も悪《わる》いことはしていない。けれど、竜人《りゅうど》への気持《きも》ちを心《こころ》のどこかで認《みと》めてしまった今《いま》、紅絹《もみ》は長崎会長《ながさきかいちょう》に会《あ》うのがこわかった。

——ソウが好《す》きかと思《おも》ってたんだけどな。

会長《かいちょう》はそう皮肉《ひにく》をいうかもしれない。

（そうちゃんのことは今《いま》でも好《す》き……それは変《か》わらない。でも……。）

紅絹《もみ》は決心《けっしん》したように、立《た》ち上《あ》がった。

和室《わしつ》の引《ひ》き戸《ど》を開《あ》けて店《みせ》をのぞくと、長崎会長《ながさきかいちょう》が関根《せきね》さんに赤《あか》い顔《かお》をしてビールをついでいた。

「よォ！　肩《かた》こり！　しばらくだな。」

「だからよォ、もみちゃんのこと、肩《かた》こりってぇの、やめてくれないかァ。」

関根《せきね》さんがまた会長《かいちょう》にからんでいる。

「……すみません。」

紅絹《もみ》はしょんぼりと、あいたカウンターの席《せき》にすわった。

「そんなにしょげんでもいいだろう。」

会長《かいちょう》はこわい目《め》を細《ほそ》める。

「うわさ気《き》にしてジムに来《こ》んのか？　くだらん！」

紅絹《もみ》は下《した》を向《む》く。

「もみちゃんは迷惑《めいわく》してんだよォ、向《む》こうが来《き》ちゃうんだから、ダッダッてよォ。」

関根《せきね》さんはバイクに乗《の》るまねをした。

「うるさいおやじだなァ、俺《おれ》は肩《かた》こりと話《はな》してんだよ。」

会長《かいちょう》が関根《せきね》さんをさえぎった。

「試合《しあい》が決《き》まったんだってよ、倉沢《くらさわ》くん。」

祖母《そぼ》が静《しず》かにいって、紅絹《もみ》の前《まえ》に麦茶《むぎちゃ》を置《お》いた。

「それもすごく強《つよ》い人《ひと》らしいよ。」

「ほんとに⁉」

ハッと紅絹《もみ》は顔《かお》を上《あ》げる。

「聞《き》いとらんか？　ランキング二位《い》といきなりだ、やっと決《き》まった相手《あいて》がな。」

「会長《かいちょう》、ランキング二位《い》って⁉」

「群界《ぐんかい》のナパーム・滝本《たきもと》だ。」

「その人《ひと》、もしかして、もとチャンピオンじゃ……。」

「そうだ。ＷＷＫ《ダブリューダブリューケー》もリュードを大事《だいじ》に育《そだ》てると思《おも》ったんだけどな。どういうわけだか
……。それに試合《しあい》の日《ひ》がよ。」

会長《かいちょう》の顔《かお》が急《きゅう》にくもった。

「いつ？　いつなんですか⁉」

「九月一日《がつついたち》。後楽園《こうらくえん》ホール。因縁《いんねん》だな。」

ため息《いき》とともに会長《かいちょう》がつぶやいた。

九月《がつ》――想志《そうし》と竜人《りゅうど》が闘《たたか》ったのも一年前《ねんまえ》の九月一日《がつついたち》だった。後楽園《こうらくえん》ホール――。

紅絹《もみ》は息《いき》をつめる。

「しかし、あいつもよく受《う》けたな。のされたいのか、リュードは、ナパームに！」

会長《かいちょう》がビールをぐびっとあおり、じっと前方《ぜんぽう》を見《み》すえた。

紅絹《もみ》の心《こころ》の芯《しん》が小《こ》きざみにふるえてくる。

九月一日《がつついたち》、後楽園《こうらくえん》ホール。ランキング二位《い》のナパーム・滝本《たきもと》――竜人《りゅうど》はなぜそんな苦《くる》しい試合《しあい》に挑《いど》む決心《けっしん》をしたのだろう。

14　くさりを解《と》いて

紅絹《もみ》は携帯電話《けいたいでんわ》の前《まえ》で大《おお》きく息《いき》をついた。竜人《りゅうど》と話《はな》したい。竜人《りゅうど》のことが気《き》になってたまらなかった。思《おも》いきって電話《でんわ》のボタンをプッシュする。呼《よ》びだし音《おん》が鳴《な》っても竜人《りゅうど》は出《で》なかった。六回目《かいめ》で切《き》ってしまい、思《おも》い直《なお》してもう一度《いちど》、かけ直《なお》す。今度《こんど》は十回以上《かいいじょう》鳴《な》らしたが、それでも竜人《りゅうど》は電話《でんわ》に出《で》なかった。

ランキング入《い》りしたらキックをやめる、と竜人《りゅうど》はいった。きたない試合《しあい》をする、といわれて、今《いま》、竜人《りゅうど》はその汚名《おめい》を返上《へんじょう》するために試合《しあい》をしたがっている。やっと決《き》まったその相手《あいて》が〝群界《ぐんかい》〟のナパーム・滝本《たきもと》だとは――。

破壊的《はかいてき》なパンチ力《りょく》、強烈《きょうれつ》なキック――ナパームも〝きたない試合《しあい》をする〟と評《ひょう》されながら、チャンピオンの座《ざ》を行《い》ったり来《き》たりしていた。

色黒《いろぐろ》で見《み》るからに利《き》かん気《き》そうなナパームの写真《しゃしん》を紅絹《もみ》は雑誌《ざっし》で見《み》たことがある。バッファローみたいだ、と思《おも》ったので覚《おぼ》えていたのだ。

(あのナパームとリュードが……。)

考《かん》えただけでも胸《むね》がドキドキして、息苦《いきぐる》しくなってくる。

竜人《りゅうど》から電話《でんわ》があったのは、夜中《よなか》の十二時半《じはん》をすぎたころだった。

「電話《でんわ》をくれたね。」

竜人《りゅうど》の声《こえ》を聞《き》いたとたん、紅絹《もみ》の中《なか》で張《は》りつめていたものが解《と》けていく。

「何《なに》があったんだ?」

問《と》いかけてくる竜人《りゅうど》の声《こえ》にはいつもの力《ちから》がなかった。声《こえ》は正直《しょうじき》だ。やはり竜人《りゅうど》は悩《なや》んでいる。

「何《なに》も……。」

「何《なに》もないのに、もみが電話《でんわ》くれるなんて、異変《いへん》が起《お》きるな。」

竜人《りゅうど》の声《こえ》が少《すこ》し高《たか》くなった。

「……じゃなくて、聞《き》いちゃったから……心配《しんぱい》になって……。」

「もう広《ひろ》まってる？　おれが破門《はもん》されたこと。」

自嘲的《じちょうてき》に竜人《りゅうど》がふっと笑《わら》った。

「破門《はもん》!?」

紅絹《もみ》は息《いき》を吸《す》いこむ。そんなことまでは会長《かいちょう》はいっていなかった。

「そのことじゃないのか？　そうだよ、おれはＷＷＫ《ダブリューダブリューケー》を破門《はもん》されたんだ！」

今夜《こんや》も熱帯夜《ねったいや》だった。開《あ》けはなした窓《まど》から生《なま》あたたかい風《かぜ》が流《なが》れこんでくる。

紅絹《もみ》はすぐには返事《へんじ》ができなかった。

破門《はもん》——!?

竜人《りゅうど》はＷＷＫ《ダブリューダブリューケー》を追《お》いだされたの……!?

「な、なんで……。」

声《こえ》がうわずっている。

「わがままなリュードが気《き》にくわなかったんだろ、ずっとこっちも無理《むり》な試合《しあい》こなして、カッカしてたんで、ナパームのことでぶっキレちゃったんだよ、おたがい。」

いらついた竜人《りゅうど》の口調《くちょう》。

「わたしが聞《き》いたのは試合《しあい》のことなの……倉沢《くらさわ》さん、どうしてそんな試合《しあい》を……。」

「ずっと相手《あいて》がいなかったんだ！　おれは嫌《きら》われているんでね。ナパームと偶然《ぐうぜん》会《あ》ってケンカ売《う》られた、ちょうどいい、結着《けっちゃく》はリングでつけようってことになっただけだ！」

「そんな乱暴《らんぼう》な……！」

紅絹《もみ》は泣《な》きそうになってくる。

「おれの勝手《かって》だろ！」

竜人《りゅうど》が苦《くる》しそうにうめいた。

「WWK《ダブリューダブリューケー》の会長《かいちょう》にも怒鳴《どな》られた。群界相手《ぐんかいあいて》だからな、会長《かいちょう》も引《ひ》けとはいえなかったんだ、試合《しあい》は決《き》まったけど、会長《かいちょう》はおさまんなかったらしい。」

——みすみす負《ま》ける試合《しあい》を勝手《かって》に受《う》けやがって。これを最後《さいご》に引退《いんたい》する気《き》だと!?　おまえみたいなやつの面倒《めんどう》はもう見《み》きれねえ！　勝手《かって》にやれ！　試合《しあい》も一人《ひとり》でやるんだな！

WWK《ダブリューダブリューケー》の会長《かいちょう》はそう怒鳴《どな》りつけ、竜人《りゅうど》を破門《はもん》した。

「……所属《しょぞく》ジムがなくなったら試合《しあい》はもうしなくたって……。」

「やるよ、けじめだからな、逃《に》げられるか！」

竜人《りゅうど》は荒《あら》い息《いき》をついた。

所属《しょぞく》ジムという後《うし》ろだてを失《うしな》ったキックボクサーは、トレーニングからすべてのことを一人《ひとり》でまかなわなくてはならない。それでは試合《しあい》に集中《しゅうちゅう》できなくなる。竜人《りゅうど》はこの五日間《いつかかん》、所属《しょぞく》ジムをさがして歩《ある》き回《まわ》ったという。

「どこもおれを引《ひ》き受《う》けてくれなかったよ。もういい……おれ一人《ひとり》でやる！　一匹狼《いっぴきおおかみ》になったって！」

絶望的《ぜつぼうてき》な声《こえ》だった。

「やめて……！」

思《おも》わず紅絹《もみ》は電話口《でんわぐち》で叫《さけ》んでいた。

「そんな無理《むり》しないで！　自分《じぶん》を追《お》いつめないでよ、倉沢《くらさわ》さん！」

声《こえ》がつまる。泣《な》きそうになるのを紅絹《もみ》はこらえた。少《すこ》しの間《あいだ》、竜人《りゅうど》が沈黙《ちんもく》する。

「おれが心配《しんぱい》か？」

竜人《りゅうど》の声《こえ》もかすれていた。

「なら、すぐ来《き》てくれよ！」

「えっ？」

「すぐ会《あ》いに来《こ》いよ！　江藤《えとう》のためならどこだって飛《と》んできただろう⁉」

竜人《りゅうど》の声《こえ》がよどんで、ひびいた。

そう——自分《じぶん》は想志《そうし》のために、よく知《し》りもしない竜人《りゅうど》に入院費《にゅういんひ》まで借《か》りに行《い》ったのだ。

一瞬《いっしゅん》、紅絹《もみ》がぼんやりしていると、

「来《く》るわけないか、おれは江藤《えとう》じゃないもんな！」

どうにもならないような声《こえ》で竜人《りゅうど》はうめくと電話《でんわ》を切《き》った。

ハッとして、紅絹《もみ》は電話《でんわ》をかけ直《なお》した。

電源《でんげん》は切《き》られていた。竜人《りゅうど》が電源《でんげん》を切《き》った——。

何回《なんかい》かけ直《なお》しても、竜人《りゅうど》の携帯電話《けいたいでんわ》は通《つう》じなくなっていた。

——どこにでも行《い》ったのに！　リュードが来《こ》い、というところ、どこにでも！

伝《つた》えられなかった。今《いま》こそ竜人《りゅうど》のそばにいたいのに。

WWK《ダブリューダブリューケー》を破門《はもん》になった……。

九月一日《がつついたち》のナパーム・滝本《たきもと》との試合《しあい》——竜人《りゅうど》がまたひとりで苦《くる》しんでいる。

電話《でんわ》が通《つう》じない——竜人《りゅうど》と話《はな》せないつらさを紅絹《もみ》は全身《ぜんしん》で知《し》った。

眠《ねむ》れないまま、朝《あさ》をむかえた。

暑《あつ》い朝《あさ》だった。開《あ》けた窓《まど》からセミの大合唱《だいがっしょう》がなだれこんでくる。

もうすぐ八月《がつ》。

竜人《りゅうど》が決《き》めた試合《しあい》まで一か月《げつ》しかない。

けじめだ、と竜人《りゅうど》はいっていた。竜人《りゅうど》はその試合《しあい》を乗《の》りこえないと、重《おも》いくさりから解《と》き放《はな》たれないのだ。

想志《そうし》の死《し》、という重《おも》いくさり。

——おれは人殺《ひとごろ》しだ!

竜人《りゅうど》の声《こえ》がよみがえってきて、紅絹《もみ》は耳《みみ》をふさぎたくなる。

竜人《りゅうど》にとっては重要《じゅうよう》な意味《いみ》を持《も》つ試合《しあい》なのだ。つらくても越《こ》えなくてはならないハードル。それならば力《ちから》いっぱい闘《たたか》ってほしい、と紅絹《もみ》は思《おも》うようになっていた。

夏休《なつやす》みの間《あいだ》、ジムは朝《あさ》から開《ひら》いている。

その日《ひ》、紅絹《もみ》は桜並木《さくらなみき》を決意《けつい》をこめて歩《ある》いていた。

もう二度《にど》と誠心館《せいしんかん》に通《かよ》えなくなるかもしれない。紅絹《もみ》にとってのよりどころ。想志《そうし》との思《おも》い出《で》の場所《ばしょ》。会長《かいちょう》、宮重《みやしげ》さん、国松《くにまつ》さんに角谷《かどや》さん——みんないつも紅絹《もみ》をあたたかくむかえ入《い》れてくれた。その人《ひと》たちを裏切《うらぎ》ることになるのかもしれない。

それでもいい、と紅絹《もみ》は思《おも》った。すべてを失《うしな》っても、紅絹《もみ》は会長《かいちょう》に頼《たの》みたかった。

会長《かいちょう》しか頼《たよ》れる人《ひと》はいないのだ。

誠心館《せいしんかん》の会長《かいちょう》、長崎健《ながさきけん》——。

(……会長《かいちょう》、倉沢《くらさわ》さんを救《すく》ってください！　倉沢《くらさわ》さんの、リュードの最後《さいご》の試合《しあい》を思《おも》う存《ぞん》分《ぶん》、闘《たたか》わせてあげてください！　そうでないとリュードは、そうちゃんの死《し》を乗《の》りこえられない……わたしと同《おな》じです……。リュードの苦《くる》しみを救《すく》ってください！　ＷＷＫ《ダブリューダブリューケー》を破門《はもん》になったらリュードは一匹狼《いっぴきおおかみ》です！　そんな気持《きも》ちでリュードにキックをやってほしくない……キックの魂《たましい》をリュードに教《おし》えてあげて……会長《かいちょう》、リュードを誠心館《せいしんかん》で引《ひ》き受《う》けてください！　お願《ねが》い、お願《ねが》いします！)

心《こころ》の中《なか》で、長崎会長《ながさきかいちょう》に懇願《こんがん》する台詞《せりふ》をくり返《かえ》しながら、紅絹《もみ》は誠心館《せいしんかん》に向《む》かっていた。

15 川《かわ》からの風《かぜ》

「バカヤロー!」

と、長崎会長《ながさきかいちょう》は紅絹《もみ》に目《め》をむいた。

「そんなたわ言《ごと》、聞《き》きたくもねぇ! 破門《はもん》されたってェ!? それはリュードに理由《りゆう》があったんだろうよ、しかも、最後の試合だと!? カッコつけやがって! そんな勝手《かって》なヤロー、どこのジムだってお断《ことわ》りだ!」

会長《かいちょう》はツバを飛《と》ばして、怒鳴《どな》りまくった。

どんなに怒《おこ》られても紅絹《もみ》は一度《ど》であきらめるわけにはいかなかった。

翌日《よくじつ》も紅絹《もみ》は会長《かいちょう》に頼《たの》みにいって、大勢《おおぜい》の前《まえ》で怒鳴《どな》られた。宮重《みやしげ》さんも国松《くにまつ》さんもいた。事情《じじょう》のわからない佐久《さく》くんが、困《こま》ったように紅絹《もみ》を見《み》つめていた。

だれも、紅絹《もみ》の加勢《かせい》をしてくれる人《ひと》はいなかった。

想志《そうし》が竜人《りゅうど》との試合《しあい》で倒《たお》れ、それが原因《げんいん》で亡《な》くなってからまだ九か月《げつ》あまり。いや、もう九か月《げつ》——自分《じぶん》ひとりの力《ちから》では支《ささ》えきれないほどのたくさんの感情《かんじょう》の波《なみ》をかぶってきた。

傲慢《ごうまん》で生意気《なまいき》な印象《いんしょう》をあたえる竜人《りゅうど》の苦《くる》しみを知《し》っているのは、自分《じぶん》だけかもしれないと紅絹《もみ》は思《おも》う。

(倉沢《くらさわ》さんとわたしは……ぶつかりあいながら救《すく》いあってきたのかもしれない……。)

紅絹《もみ》はそう感《かん》じるようになっていた。

竜人《りゅうど》と出会《であ》わなかったら——〝事件《じけん》〟と想志《そうし》を失《うしな》った苦《くる》しみに紅絹《もみ》は押《お》しつぶされていたかもしれない。

竜人《りゅうど》から連絡《れんらく》はなく、紅絹《もみ》もう電話《でんわ》はかけなかった。それより、なんとか会長《かいちょう》にわかってほしい——そのことで頭《あたま》がいっぱいだった。時間《じかん》がないのだ。

言葉《ことば》では長崎会長《ながさきかいちょう》にいい負《ま》かされてしまう。その日《ひ》、紅絹《もみ》は手紙《てがみ》を書《か》くことにした。何《なん》回《かい》も下書《したが》きに失敗《しっぱい》して、やっと清書《せいしょ》をしていると、窓《まど》の外《そと》でバイクの止《と》まる音《おと》がした。

「日《ひ》が落《お》ちても、まだ暑《あつ》いねぇ。」

店《みせ》の前《まえ》で水《みず》をまいていた祖母《そぼ》の声《こえ》がする。

「そんなもんかぶってたら、息《いき》ができないんじゃないの？」

「バイクって走《はし》ってたら案外《あんがい》、涼《すず》しいんですよ。」

その声《こえ》に紅絹《もみ》はハッとシャーペンを置《お》いた。あわてて窓辺《まどべ》に近寄《ちかよ》ると、竜人《りゅうど》がちょうど二階《かい》に目《め》を上《あ》げたところだった。

「やあ！」

竜人《りゅうど》が紅絹《もみ》を見上《みあ》げて目《め》を細《ほそ》める。

わけもなく動悸《どうき》がしてきて、紅絹《もみ》はすぐに窓《まど》から顔《かお》を引《ひ》っこめた。

竜人《りゅうど》が来《き》た。竜人《りゅうど》が明《あか》るい表情《ひょうじょう》で笑《わら》っている——それだけで体《からだ》じゅうにさわやかな風《かぜ》が流《なが》れこんでくる。

ゆっくりと裏口《うらぐち》から店《みせ》の前《まえ》に回《まわ》ると、竜人《りゅうど》は外《そと》で祖母《そぼ》が運《はこ》んできた冷《つめ》たい麦茶《むぎちゃ》を飲《の》んでいた。

「きょうは風《かぜ》があるね。外《そと》のほうが涼《すず》しいよ。」

祖母《そぼ》がほつれた白髪《しらが》を手《て》でおさえている。

ごちそうさまでした、と竜人《りゅうど》はコップを祖母《そぼ》に返《かえ》すと、

「ちょっと、もみと散歩《さんぽ》してきます。」

紅絹《もみ》を見もしないで、勝手《かって》にいった。

祖母《そぼ》は笑《わら》って、店《みせ》に引《ひ》っこんでいく。

電話《でんわ》もくれないで。突然《とつぜん》、現《あらわ》れて。勝手《かって》に散歩《さんぽ》だなんて——紅絹《もみ》は少《すこ》しムッとすると、川《かわ》の流《なが》れにそって歩《ある》きだした竜人《りゅうど》と反対側《はんたいがわ》、〝しののめ橋《ばし》〟に早足《はやあし》で向《む》かい、わたりはじめる。

竜人《りゅうど》がふり返《かえ》った。

「もうわたれるんだな。」

ひき返《かえ》し、すぐに追《お》いついてきた竜人《りゅうど》が、紅絹《もみ》にだけ聞《き》こえるような声《こえ》でそういって、笑《わら》った。

「……〝死《し》の橋《はし》〟じゃなくて〝しののめ橋《ばし》〟に戻《もど》ったんだもの。」

紅絹《もみ》は横《よこ》に立《た》った竜人《りゅうど》を見上《みあ》げてほほえんだ。竜人《りゅうど》にはまだお礼《れい》をいっていない。いつ

も竜人《りゅうど》と面《めん》と向《む》かうと、素直《すなお》な言葉《ことば》が出《で》てこなくなるけれど——。

「ありがとう……ものすごく、うれしかった。」

紅絹《もみ》は気持《きも》ちに逆《さか》らわず流《なが》れるように口《くち》にした。

「おれも……ものすごくうれしかった。」

ゆっくりと橋《はし》をわたりながら竜人《りゅうど》が吐息《といき》をつくようにいった。

「……今《いま》、誠心館《せいしんかん》に行《い》ってきたんだ。」

「えっ!?」

橋《はし》のまん中《なか》で、紅絹《もみ》は立《た》ち止《ど》まった。

感情《かんじょう》をおさえたような竜人《りゅうど》のやさしい眼差《まなざ》しが紅絹《もみ》を見下《みお》ろしている。

「ゆうべ、誠心館《せいしんかん》の、長崎《ながさき》さんから電話《でんわ》をもらったんだ。〝迷《まよ》える子羊《こひつじ》め、よかったらうちでトレーニングするか。〟って、こわい声《こえ》で。」

「……会長《かいちょう》が!?」

紅絹《もみ》ののどがつまった。

あんなに怒《おこ》っていたのに、会長《かいちょう》は……。

「……こわい顔《かお》してるけど、会長《かいちょう》はいい人《ひと》だから……。」

紅絹《もみ》は思《おも》わず橋《はし》の欄干《らんかん》をつかんだ。うれしくて体《からだ》がぐらついている。

「ほんとにそうだな……。」

紅絹《もみ》の後《うし》ろで竜人《りゅうど》がつぶやいた。

「おまえにとって誠心館《せいしんかん》は針《はり》のむしろかもしれん、て。……でも、おまえが本気《ほんき》で今度《こんど》の試合《しあい》に挑《いど》むなら面倒《めんどう》見《み》てやる、っていってくれた。」

竜人《りゅうど》の声《こえ》にも感動《かんどう》がにじんでいた。

「お礼《れい》いったら、礼《れい》なら〝肩《かた》こり〟にいえって。だれかと思《おも》ったよ、肩こりもみ。」

竜人《りゅうど》がやさしく名前《なまえ》を呼《よ》んだ。

夕焼《ゆうや》けが川面《かわも》をうす金色《きんいろ》のうろこのように輝《かがや》かせて流《なが》れていく。

「……よかった。」

川《かわ》の流《なが》れを見《み》つめたまま、紅絹《もみ》はつぶやいた。竜人《りゅうど》に涙《なみだ》ぐんでいるのを見《み》られたくなかった。

竜人《りゅうど》はそれ以上《いじょう》何《なに》もいわず、紅絹《もみ》の後《うし》ろに立《た》っている。

川風《かわかぜ》が金《きん》のうろこをいっそうきらめかせた。金糸《きんし》で織《お》られた布《ぬの》のよう——。

紅絹《もみ》が首《くび》をそよがせようとしたとき、

「あ、動《うご》くな。」

いきなり、竜人《りゅうど》がいった。

「動《うご》かないで……今《いま》、もみの髪《かみ》がおれの顔《かお》に当《あ》たってる……。」

紅絹《もみ》も感《かん》じていた。自分《じぶん》の髪《かみ》が、やわらかな絹糸《きぬいと》になって川風《かわかぜ》に逆立《さかだ》ち、竜人《りゅうど》のほおをくすぐっているのを——。

紅絹《もみ》は一瞬《いっしゅん》、息《いき》をつめる。

髪《かみ》の先《さき》から強《つよ》く竜人《りゅうど》の存在《そんざい》が伝《つた》わってきた。


竜人《りゅうど》と別《わか》れたあと、紅絹《もみ》はそのまま小走《こばし》りで誠心館《せいしんかん》に向《む》かった。

一言《ひとこと》、会長《かいちょう》にお礼《れい》をいいたい。

会長《かいちょう》ならばわかってくれると思《おも》った。

キックを憎《にく》みはじめながら、やめることもできないでいるリュードの悲《かな》しみを。

ジムには三、四人《にん》がトレーニングをしていた。

紅絹《もみ》はジムに駆《か》けこむと、息《いき》をはずませて事務室《じむしつ》をノックした。はい、という返事《へんじ》にドアを開《あ》けると、

「もみちゃん！」

中《なか》にいたのは宮重《みやしげ》さん一人《ひとり》だった。

想志《そうし》のポートレートのパネルが目《め》に飛《と》びこんでくる。

「会長《かいちょう》に、お礼《れい》いいたくって……。」

紅絹《もみ》は想志《そうし》のパネルから目《め》をはなした。

「会長《かいちょう》なら出《で》かけたよ。これからたいへんだ、WWK《ダブリューダブリューケー》や群界《ぐんかい》に木村《きむら》ジム、あっちこっちに説明《せつめい》したり頭《あたま》を下《さ》げて回《まわ》らなきゃならないんだから。リュードを引《ひ》き受《う》けたからにはね。」

思《おも》わずすまなそうに紅絹《もみ》がうつむくと、宮重《みやしげ》さんが快活《かいかつ》に笑《わら》った。

「心配《しんぱい》するなって、もみちゃん、会長《かいちょう》はああ見《み》えても人徳《じんとく》があるんだ。リュードはいちばんいい人《ひと》に拾《ひろ》ってもらったな、っていってももみちゃんの熱意《ねつい》に負《ま》けたみたいだけど。」

宮重《みやしげ》さんは机《つくえ》の上《うえ》で見《み》ていたスケジュール表《ひょう》を閉《と》じた。

「オレもはじめてリュードと話《はな》したよ。見《み》かけよりずっと素直《すなお》なんで驚《おどろ》いた……そうだよな、人《ひと》の心《こころ》の内《うち》なんてわからない、どんなに苦《くる》しいかなんてね。」

宮重《みやしげ》さんは机《つくえ》の引《ひ》きだしを開《あ》けると、封筒《ふうとう》を取《と》りだして立《た》ち上《あ》がった。

「会長《かいちょう》がリュードを引《ひ》き受《う》ける気《き》になったのは、もみちゃんのためだけじゃない、ソウのためでもあると思《おも》うんだ……ソウもきっと、リュードをほっとけないだろうから。」

宮重《みやしげ》さんは想志《そうし》のパネルを見上《みあ》げる。紅絹《もみ》も〝想志《そうし》〟と向《む》きあった。

（ありがとう……そうちゃん。）

そんな言葉《ことば》が自然《しぜん》に出《で》てくる。パネルの〝想志《そうし》〟がにじんだ。

「あれっ、せっかくソウの写真《しゃしん》、やろうと思《おも》ったのに、また泣《な》いてる……どうする？　もういらないか？」

ふり向《む》いた宮重《みやしげ》さんが、からかうようにいう。紅絹《もみ》はあわてて指《ゆび》で涙《なみだ》をぬぐった。

「ほしい……！　ほしいです！　ずっと待《ま》っていたんだから。」

宮重《みやしげ》さんは笑《わら》うと、封筒《ふうとう》を紅絹《もみ》にわたしてくれた。

「そうだよな、ソウはもみちゃんにとって特別《とくべつ》なんだよな、何《なに》があっても、だれと出会《であ》ったって。」

「そう……特別《とくべつ》、なんです、そうちゃんは……一生《いっしょう》。それは変《か》わらない。」

紅絹《もみ》は写真《しゃしん》の入《はい》った封筒《ふうとう》をそっと胸《むね》に押《お》し当《あ》てた。

想志《そうし》の写真《しゃしん》は五枚《まい》。

四枚《まい》がスパーリングのとき。一枚《まい》が誠心館《せいしんかん》の前《まえ》で笑《わら》っているジーパン姿《すがた》の想志《そうし》。紅絹《もみ》の知《し》らない時間《じかん》の想志《そうし》が写真《しゃしん》の中《なか》に生《い》きている。

部屋《へや》に戻《もど》って写真《しゃしん》を見《み》ても、紅絹《もみ》はもう泣《な》かなかった。

想志《そうし》と出会《であ》えたこと。好《す》きになったこと。そのすべてを大切《たいせつ》にしたい――写真《しゃしん》を見《み》つめながら紅絹《もみ》はそう思《おも》った。

生絹《すずし》から携帯《けいたい》に連絡《れんらく》があったのは、その夜遅《よるおそ》く――。

とりとめのない会話《かいわ》のあと、緊張《きんちょう》した声《こえ》で、いきなり生絹《すずし》がいった。

「……モミ、お父《とう》さんの面会《めんかい》に行《い》くの、つきあってくれないかな。」

16　この世《よ》にたった二人《ふたり》

八月《がつ》のはじめ、紅絹《もみ》は生絹《すずし》と新横浜《しんよこはま》の駅《えき》で待《ま》ちあわせをした。去年《きょねん》の十二月《がつ》、一人《ひとり》で行《い》ったときと同《おな》じ朝《あさ》の九時《じ》三十分《ぷん》の新幹線《しんかんせん》に乗《の》る予定《よてい》だった。

新横浜《しんよこはま》には生絹《すずし》のほうが先《さき》に来《き》ていた。生絹《すずし》はメイクもせず、髪《かみ》も自然《しぜん》の色《いろ》に戻《もど》っている。

なぜ生絹《すずし》が急《きゅう》に父《ちち》の英悟《えいご》に会《あ》う気持《きも》ちになったのか紅絹《もみ》はたずねなかった。

父《ちち》の面会《めんかい》に静岡《しずおか》の刑務所《けいむしょ》に行《い》くこと。紅絹《もみ》は桜木《さらぎ》の祖母《そぼ》に話《はな》したが、生絹《すずし》は岡本《おかもと》の祖父《そふ》母《ぼ》にはナイショらしい。

「バレたらオカバアたち憤死《ふんし》しちゃうかもね。」

生絹《すずし》のその言葉《ことば》だけで、岡本《おかもと》の祖父母《そふぼ》が何《なに》があっても父《ちち》を許《ゆる》せないという気持《きも》ちが伝《つた》わってくる。けれど、生絹《すずし》は——父《ちち》に会《あ》う決心《けっしん》をしたのだ。

夏休《なつやす》みの新幹線《しんかんせん》は混《こ》んでいた。

指定券《していけん》をとっていなかったので、紅絹《もみ》と生絹《すずし》はデッキに立《た》っていくことにした。

去年《きょねん》十二月《がつ》、竜人《りゅうど》と立《た》っていたところ。父《ちち》のことを話《はな》したときの当惑《とうわく》した竜人《りゅうど》の表情《ひょうじょう》を思《おも》い出《だ》してしまう。

あのときはまだ、竜人《りゅうど》の存在《そんざい》がわずらわしかった。近《ちか》づいてくる竜人《りゅうど》の気持《きも》ちをはかりかねて困惑《こんわく》していた。

でも、今《いま》は……。

「何《なに》、ぼんやりしてるの？」

生絹《すずし》が紅絹《もみ》をのぞきこんでくる。

ドア口《ぐち》の大《おお》きなガラスは八月《がつ》の光《ひかり》が反射《はんしゃ》してまぶしいくらいだ。

「私《わたし》が急《きゅう》に英悟《えいご》さんに会《あ》いに行《い》くっていったんで、驚《おどろ》いたんでしょう？」

生絹《すずし》の屈託《くったく》のない口調《くちょう》が、紅絹《もみ》をほっとさせる。紅絹《もみ》がうなずくと、生絹《すずし》は早回《はやまわ》しのフィルムのようにすぎていく窓《まど》の外《そと》を見《み》つめた。

「一生《いっしょう》、黙《だま》っておこうと思《おも》ってたことを、モミにしゃべっちゃった……。」

メールのことだ。母《はは》の香枝《かえ》と早坂鉄昇《はやさかてっしょう》のメールのやりとりを父《ちち》に送信《そうしん》してしまったこと。

「……英悟《えいご》さんに、あのメールは私《わたし》が送《おく》ったってこと、いっときたくて――。」

生絹《すずし》は自分《じぶん》をつき放《はな》したようないい方《かた》をした。

「私《わたし》のしわざだって知《し》ってるかもしれないけど、でも、いっときたくて……。お父《とう》さんに、見《み》なくてもいいもの見《み》せてしまった……。」

生絹《すずし》のゆれる気持《きも》ちが〝英悟《えいご》さん〟〝お父《とう》さん〟とくるくる変《か》わる言葉《ことば》づかいに表《あらわ》れている。

生絹《すずし》のぬぐいきれない後悔《こうかい》――。紅絹《もみ》はそっと生絹《すずし》の手《て》をにぎった。

「別《わか》れるって私《わたし》に約束《やくそく》したのに、アイツ……まだお母《かあ》さんにメール送《おく》ってきて、香枝《かえ》さんだってふんぎりつけられないみたいにまだ会《あ》ってるってわかって、私《わたし》、もう、カッとしちゃって……こうなったらもう、お父《とう》さんに知《し》らせて止《と》めてもらうしかないと思《おも》った……。」

夏《なつ》の光《ひかり》と影《かげ》が、くちびるをかんだ生絹《すずし》の横顔《よこがお》をよぎっていく。

父《ちち》は大人《おとな》なのだ。特《とく》に父《ちち》はいつも冷静《れいせい》だった。母《はは》の不倫《ふりん》を思慮深《しりょぶか》く受《う》けとめ、母《はは》の心《こころ》を引《ひ》き戻《もど》してくれるはず——生絹《すずし》はそう信《しん》じたのだ。まさか、あの大声《おおごえ》ひとつあげたことのない父《ちち》が、あんなに激昂《げきこう》するとは——。

「想像《そうぞう》してもいなかった……お父《とう》さん、叫《さけ》んでた……〝おまえだけは僕《ぼく》を裏切《うらぎ》らないと信《しん》じていた！〟って、二階《かい》まで聞《き》こえたよ。」

紅絹《もみ》は呆然《ぼうぜん》と、ひとりごとのようにたんたんとしゃべりつづける生絹《すずし》の声《こえ》を聞《き》いていた。

あの夜《よる》のことがよみがえってくる。

硬直《こうちょく》してたたずむ自分《じぶん》——眠《ねむ》っていたと思《おも》った生絹《すずし》は二階《かい》の部屋《へや》で父《ちち》と母《はは》のいさかいに耳《みみ》をそばだてていたのだ。

「……お母《かあ》さんも泣《な》きながら叫《さけ》んでた……〝裏切《うらぎ》ったんじゃない、二人《ふたり》とも好《す》き。〟だなんて……あんなやつのことそういって……。そしたら、お父《とう》さん、もっと大《おお》きな声《こえ》出《だ》して——。」

――ああッ、父《ちち》がいすを持《も》ち上《あ》げる！

紅絹《もみ》はきつく目《め》をつぶる。

「お父《とう》さんもお母《かあ》さんもあのとき、私《わたし》たちのことなんか忘《わす》れてたんだ……！」

はき捨《す》てるように生絹《すずし》がつぶやいた。

新幹線《しんかんせん》は熱海《あたみ》をすぎ、自由席《じゆうせき》もあいたようだが、紅絹《もみ》たちは立《た》ったままでいた。

「お父《とう》さんがあんなにキレちゃうんなら、メール送《おく》るんじゃなかった……お母《かあ》さんだってアイツと別《わか》れようとしてたんだから……。私《わたし》がよけいなことしたせいで……。」

生絹《すずし》が息《いき》を止《と》める。

「スゥちゃんのせいじゃない……。」

紅絹《もみ》はやっといえた。

「わたしもおそろしくて、声《こえ》も出《だ》せなかった……あのとき、声《こえ》をあげられなかった……お父《とう》さんたちのケンカ見《み》ていたのに……。もし、わたしがあのとき叫《さけ》んでいたら、お父《とう》さん、止《と》められたかもしれないのに……。」

紅絹《もみ》の声《こえ》がふるえた。

「ずっと、ずっとそのこと考《かんが》えてた……叫《さけ》んでる夢《ゆめ》も何度《なんど》も見《み》た……。」

「モミ……！」

ハッとして、生絹《すずし》が紅絹《もみ》を正面《しょうめん》から見《み》た。同時《どうじ》に二人《ふたり》の目《め》がうるんでいく。

「モミもそんなこと、ひとりで悩《なや》んでたの⁉」

「スゥちゃんだって……。」

紅絹《もみ》はゴクンとツバを飲《の》んだ。

「わたしに、何《なに》もいってくれなかったじゃないの……ひとりで、あの、アイツに会《あ》いに行《い》ったりして、ずっと、ずっと、ひとりで……。」

「モミ、受験生《じゅけんせい》だったじゃないの。」

生絹《すずし》はあわててトートバッグからハンカチを取《と》りだし、紅絹《もみ》ににぎらせる。紅絹《もみ》が目《め》をぬぐったあと、生絹《すずし》もハンカチで目《め》をこすり、二人《ふたり》で目《め》を合《あ》わせて弱《よわ》く笑《わら》った。

生絹《すずし》が母《はは》の不倫《ふりん》に気《き》がついたのは、その年《とし》の六月《がつ》の末《すえ》、はじめは母《はは》の手帳《てちょう》から落《お》ちた布《ぬの》に書《か》かれた〝恋歌《こいうた》〟だったという。だれかから贈《おく》られた、なぞめいた古風《こふう》なラブレター。

カンのいい生絹《すずし》はすぐに、母《はは》がこのごろ浮《うわ》ついて、ときどき気《き》もそぞろになっているわけを感《かん》じとった。

早坂鉄昇《はやさかてっしょう》。

その名《な》も、母専用《はははせんよう》の携帯電話《けいたいでんわ》を盗《ぬす》み見《み》て知《し》った。その人が染色《せんしょく》と織物《おりもの》の先生《せんせい》だということも。

静岡《しずおか》の駅《えき》に着《つ》いて、バスを待《ま》つ間《あいだ》も生絹《すずし》は話《はな》しつづけた。

二年前《ねんまえ》の八月《がつ》、ひとりで早坂鉄昇《はやさかてっしょう》に会《あ》ってから、母《はは》の香枝《かえ》がいやに生絹《すずし》に気《き》をつかってそれが腹立《はらだ》たしかったこと。

十一月《がつ》の母《はは》の個展《こてん》のときも、うれしそうな父《ちち》を見《み》て、ほんとうは母《はは》にワインをかけてやりたかったこと。父《ちち》を裏切《うらぎ》っているのに、しあわせそうに父《ちち》と笑《わら》いあっている母《はは》の気持《きも》ちがわからず、生絹《すずし》はひとりいらだっていたのだ。

知《し》らなかった。何《なに》も――。

（わたしは、何《なに》を見《み》ていたんだろう……お父《とう》さんのことも、お母《かあ》さんのことも……スゥちゃんも……。）

生絹《すずし》は憑《つ》かれたように話《はな》しつづける。心《こころ》につかえていたものがあふれだしたように。

バスがやってきた。

「アイツに会《あ》ったんだよね。モミも。」

いきなり、バスの中《なか》で生絹《すずし》が鋭《するど》い声《こえ》で紅絹《もみ》に聞《き》いてきた。

紅絹《もみ》は六月《がつ》に銀座《ぎんざ》のデパートで開催《かいさい》された早坂鉄昇《はやさかてっしょう》の展覧会《てんらんかい》のことをテレビで知《し》ったのだ、と話《はな》した。

生絹《すずし》も知《し》っていたというが、とうてい見《み》に行《い》く気《き》にはなれなかったらしい。

「やたら、ていねいなやつだったでしょう、アイツ。」

生絹《すずし》はけがらわしいものでも見《み》たように顔《かお》をしかめた。

「あんまり一生懸命《いっしょうけんめい》に話《はな》すんでウザったいったらなかったよ。」

紅絹《もみ》は別《わか》れるまで背筋《せすじ》を正《ただ》していた早坂鉄昇《はやさかてっしょう》のことを思《おも》い出《だ》した。

どんな風貌《ふうぼう》をしていたのか、もう記憶《きおく》にもないほどだ。けれど、きれいな目《め》だけは覚《おぼ》えている。

——愛《あい》はそんなに貧《まず》しいものではない。

そんなことを、鉄昇《てっしょう》は真剣《しんけん》にいっていた。

——同時《どうじ》に二人《ふたり》を愛《あい》することだってあるのだ、と。

「大人《おとな》なんていいかげんだよ、いろんな理屈《りくつ》つけて、自分《じぶん》を正当化《せいとうか》しようとするんだから。」

腹立《はらだ》たしげにいい放《はな》つ生絹《すずし》の向《む》こうに、ふいに美《うつく》しい布《ぬの》と糸《いと》がゆれて見《み》えた気《き》がした。

「きれいな布《ぬの》……。」

「なぁに？」

紅絹《もみ》が思《おも》わずポツンと小《ちい》さく口《くち》にしたつぶやきを聞《き》きもらさず、生絹《すずし》はたずねた。

「あ……きれいな布《ぬの》だった、って。」

「なにが？」

「あの……アイツの展覧会《てんらんかい》で見《み》た布《ぬの》……。」

「モミったら、何《なに》、感心《かんしん》してんのよ！」

生絹《すずし》が眉《まゆ》をつり上《あ》げる。かまわず紅絹《もみ》はつづけた。

「〝桜襲《さくらがさね》〟……お母《かあ》さんが創《つく》りたかった作品《さくひん》だったんだって。」

「桜《さくら》、襲《がさね》？」

生絹《すずし》が席《せき》から体《からだ》をずらした。

「紅《くれない》に生絹《すずし》を重《かさ》ねる……二枚《まい》の布《ぬの》を重《かさ》ねたら〝桜《さくら》〟色《いろ》が生《う》まれるんだって……。」

ハッとしたように、急《きゅう》に生絹《すずし》が黙《だま》った。

「お母《かあ》さん、その作品《さくひん》を創《つく》るのが夢《ゆめ》だったんだって……それを、アイツが創《つく》ってた……〝紅《くれない》に夢《ゆめ》みる生絹《すずし》の抄《しょう》〟って題《だい》までついてた。あの重《かさ》ねられた〝桜《さくら》〟の色《いろ》、目《め》にやきついてるの……。お母《かあ》さん、やっぱりわたしたちのこと愛《あい》してくれてたんだなって……。」

「そうかもね……。」

生絹《すずし》は吐息《といき》をついた。

「でも……人《ひと》を好《す》きになると家族《かぞく》なんか忘《わす》れちゃうんだ……人《ひと》を好《す》きになるのって、私《わたし》、こわいよ……。香枝《かえ》さんとアイツのメール、すごく楽《たの》しそうだった……。香枝《かえ》さん、アイツの前《まえ》なら思《おも》いっきり好《す》きな染《そ》めのこと話《はな》せたみたい。英悟《えいご》さんは染色《せんしょく》も織《お》りにも興味《きょうみ》なかったから……。」

生絹《すずし》が窓《まど》の外《そと》を見《み》ながらつぶやく。道《みち》を歩《ある》いている人《ひと》の白《しろ》い日傘《ひがさ》が紅絹《もみ》の目《め》にしみた。

バスが刑務所《けいむしょ》のあるバス停《てい》で止《と》まった。

あんなにしゃべっていた生絹《すずし》が、バスをおりたとたん、何《なに》もいわなくなった。代《か》わりに紅絹《もみ》がしゃべりだす。

「ここから歩《ある》いて五分《ふん》もかからないよ……お父《とう》さん、スゥちゃんが来《き》たら驚《おどろ》いて、また泣《な》いちゃうだろうね。」

トラックが熱風《ねっぷう》を巻《ま》き上《あ》げていく。

「スゥちゃんも驚《おどろ》いちゃダメだよ、お父《とう》さん、坊主刈《ぼうずが》りだからね。」

明《あか》るく紅絹《もみ》がそういったとたん、生絹《すずし》の足《あし》が止《と》まった。

「モミ……ひとりで行《い》ってもいい？」

「えっ？」

「私《わたし》、ひとりで、会《あ》いに行《い》ってもいい？」

生絹《すずし》がミュールをはいた自分《じぶん》のつま先《さき》を見《み》つめてつぶやく。

「い、いいよ！　もちろんだよッ。」

紅絹《もみ》はあわてていった。

ひとりで父《ちち》に会《あ》いたい——。紅絹《もみ》には生絹《すずし》の気持《きも》ちがわかった。

「わたし、あ、あそこのファミレスで待《ま》ってるから、ゆっくり……ったって面会時間《めんかいじかん》はたった十五分《ふん》きりだけど。」

「ごめんね……モミ。」

「いいって！　それより、スゥちゃんはひとりでだいじょうぶなの。」

わざと明《あか》るく紅絹《もみ》がいうと、

「こいつ！　お姉《ねえ》ちゃんなんだぞ。」

生絹《すずし》が泣《な》き笑《わら》いの表情《ひょうじょう》を浮《う》かべていった。

生絹《すずし》はそのままふり返《かえ》らずに刑務所《けいむしょ》の正門《せいもん》に向《む》かっていく。

紅絹《もみ》は生絹《すずし》の後《うし》ろ姿《すがた》をじっと見送《みおく》っていた。

生絹《すずし》の姿《すがた》が視界《しかい》から消《き》えてから、紅絹《もみ》は道《みち》のはしに流《なが》れている小《ちい》さな溝《みぞ》の流《なが》れに目《め》をとめた。

十二月《がつ》にこの道《みち》を歩《ある》いたときもこのよどんだ水《みず》は流《なが》れていたのだろうか。

遠《とお》くに緑《みどり》の山並《やまな》みがかすんでいる。

風《かぜ》がさわやかなことにも紅絹《もみ》ははじめて気《き》がついた。

紅絹《もみ》はファミリーレストランには入《はい》らずに、ぼんやりと小《ちい》さな溝《みぞ》の横《よこ》にたたずんでいた。何《なに》も考《かんが》えられなかった。

どのくらいそうやってたたずんでいただろう。暑《あつ》さも感《かん》じなかった。

道《みち》の向《む》こうから生絹《すずし》がゆっくり戻《もど》ってくる。

生絹《すずし》は紅絹《もみ》の姿《すがた》を見《み》つけたはずなのに、そのままぼんやりと夏《なつ》の光《ひかり》をあびながら歩《ある》いてくる。紅絹《もみ》も生絹《すずし》が近《ちか》づいてくるのをじっと待《ま》っていた。

生絹《すずし》の目《め》は赤《あか》くはれていた。

父《ちち》はそれ以上《いじょう》、泣《な》いたのだろうか。

「モミ……。」

「スゥちゃん。」

道《みち》のまん中《なか》で二人《ふたり》はどちらからともなく抱《だ》きあった。生絹《すずし》のやせた背《せ》が小《ちい》さくふるえている。

「……お父《とう》さん、似《に》あわなかったでしょう、坊主刈《ぼうずが》り……。」

涙《なみだ》をこらえ、紅絹《もみ》がそういうと、

「うん、あの服《ふく》も。」

生絹《すずし》は顔《かお》を上《あ》げて泣《な》き笑《わら》いの表情《ひょうじょう》になった。

トラックの音《おと》とセミの声《こえ》が重《かさ》なって二人《ふたり》の頭上《ずじょう》を流《なが》れていく。

「ぜんぜん似《に》あわないよね。」

「ほーんと。」

生絹《すずし》と紅絹《もみ》は口々《くちぐち》にそういいあうと、弱《よわ》くほほえみあい、肩《かた》を並《なら》べて歩《ある》きだした。

17　最後《さいご》の試合《しあい》

倉沢竜人《くらさわりゅうど》は誠心館《せいしんかん》に通《かよ》いはじめた。

早朝《そうちょう》から夜《よる》までジムに入《い》りびたってトレーニングにはげんでいるのだと、その夜《よる》、祖母《そぼ》の店《みせ》に来《き》た宮重《みやしげ》さんが教《おし》えてくれた。時《とき》にはジムに寝泊《ねと》まりすることもあるらしい。

「リュードの強《つよ》さがわかったよ。すげェ集中力《しゅうちゅうりょく》だ、ちょっとまねできない。」

宮重《みやしげ》さんは感心《かんしん》している。

竜人《りゅうど》がジムにいると、雰囲気《ふんいき》が引《ひ》きしまるのだそうだ。あれほど嫌《きら》って、最初《さいしょ》は竜人《りゅうど》に顔《かお》をそむけていた浩二《こうじ》でさえ、ロープを止《と》めて、両手《りょうて》に鉄《てつ》アレイをにぎりしめハードなシャドーをくり返《かえ》す竜人《りゅうど》をじっと見《み》つめているという。

「ジムに来《こ》ないんだね、もみちゃん。」

宮重《みやしげ》さんが、からかうように紅絹《もみ》をのぞきこんだ。

「宿題《しゅくだい》がいっぱいあって……。」

うまくごまかせずに、紅絹《もみ》は耳《みみ》もとが紅色《べにいろ》に染《そ》まっていくのを感《かん》じ、逃《に》げだしたくなった。

もうみんな、紅絹《もみ》が竜人《りゅうど》と親《した》しくなっていることを知《し》っている。そのことで非難《ひなん》めいたことをいう人《ひと》も今《いま》はいない。自分《じぶん》は〝心変《こころが》わり〟したわけではないのだ。想志《そうし》のことは、今《いま》でも忘《わす》れられない。特別《とくべつ》に好《す》きな人《ひと》だ、といいきれる。けれど、竜人《りゅうど》は——竜人《りゅうど》に対《たい》する思《おも》いをまだ紅絹《もみ》は自分自身《じぶんじしん》にさえ説明《せつめい》できないでいる。

「リュードによると、もみちゃんのことが気《き》になりだしたの、金《かね》を借《か》りに来《き》たときからだってよ。」

——リュードのおしゃべり！

竜人《りゅうど》はそんなことまで宮重《みやしげ》さんに話《はな》したのだ。祖母《そぼ》の店《みせ》のカウンターで、紅絹《もみ》は消《き》えてしまいたいほど恥《は》ずかしくなる。

「もみ、おまえ、倉沢《くらさわ》くんにお金《かね》、借《か》りたの⁉」

祖母《そぼ》が目《め》を丸《まる》くしている。

「ソウのね、入院費《にゅういんひ》だって……。」

しんみりと宮重《みやしげ》さんがいい、

「そんなことがあったのかァ。」

隣《となり》にいた関根《せきね》さんが、吐息《といき》をついた。

いたたまれなくなって、

「……ちゃんと返《かえ》したから。」

紅絹《もみ》が小声《こごえ》でいうと、

「あたりまえです!」

祖母《そぼ》がほおをふくらませて、紅絹《もみ》をにらんだ。小《ちい》さな店《みせ》はなごやかな笑《わら》いに包《つつ》まれる。

「しかし……因縁《いんねん》だなァ……想志《そうし》くんが倒《たお》れた日《ひ》にまた試合《しあい》なんてよ。」

関根《せきね》さんがつぶやいて、飲《の》みかけた冷酒《れいしゅ》をカウンターに戻《もど》した。

「それを知《し》りながら、リュードは受《う》けたんだから――。」

宮重《みやしげ》さんが視線《しせん》を落《お》として一点《いってん》を見《み》つめた。

「ナパームってやつは、もとライト級《きゅう》だったのに体重落《たいじゅうお》としてフェザー級《きゅう》でチャンピオンになったって強者《つわもの》だろ。」

長崎会長《ながさきかいちょう》とつきあいの長《なが》い関根《せきね》さんは、キックの世界《せかい》にくわしい。

「名前《なまえ》だけでもこわそうな相手《あいて》だねぇ、だいじょうぶなのかねぇ、倉沢《くらさわ》くんは。」

祖母《そぼ》が心配《しんぱい》そうに眉《まゆ》を寄《よ》せた。

「応援《おうえん》しなきゃなァ。」

そうつぶやいた関根《せきね》さんを、紅絹《もみ》はそっと見《み》やった。胸《むね》がジンとしてくる。

竜人《りゅうど》のことを、みんなわかってくれはじめている。それがしみるほど、うれしい。

「リュードはトレーニングする前《まえ》、必《かなら》ず、事務室《じむしつ》のソウのパネルと向《む》きあってるみたいですよ。」

静《しず》かに宮重《みやしげ》さんがいった。

「ソウと対話《たいわ》してるんだ、静《しず》かにしてやれ、って、あの会長《かいちょう》だってそっとドアを閉《し》めちゃうんだから。」

おかしそうに宮重《みやしげ》さんがいって、関根《せきね》さんも笑《わら》った。紅絹《もみ》も笑《わら》いながら目《め》のはしに涙《なみだ》がにじんでくる。竜人《りゅうど》が〝想志《そうし》〟に近《ちか》づいていくことがうれしい。想志《そうし》のやさしさを知《し》ることは竜人《りゅうど》が救《すく》われることでもあるのだから――。

竜人《りゅうど》はパネルの〝想志《そうし》〟と何《なに》を話《はな》しているのだろう――。

「伝言《でんごん》サービス、するよ。」

帰《かえ》りぎわに宮重《みやしげ》さんが、紅絹《もみ》に耳《みみ》うちした。

「やつ、きょうはジムに泊《と》まるんだ。」

「……〝がんばって。〟って。」

うつむきかげんで紅絹《もみ》がそういうと、

「リュードもオレがここに来《く》るとき、そんな目《め》していったよ、〝もみによろしく。〟ってさ。」

宮重《みやしげ》さんはあたたかくほほえむ。

「こんなに近《ちか》くにいるのに会《あ》わないの？」

竜人《りゅうど》とはずっと会《あ》っていなかった。電話《でんわ》でも話《はな》していない。

「トレーニング中《ちゅう》だから……。」

紅絹《もみ》がうつむいたままそういうと、

「だれにも遠慮《えんりょ》することないんだよ。もみちゃんが元気《げんき》で笑顔《えがお》でいることを、ソウだって願《ねが》っていたんだから。」

宮重《みやしげ》さんはそういってうなずくと、帰《かえ》っていった。

思《おも》いやりにあふれた宮重《みやしげ》さんの言葉《ことば》が紅絹《もみ》の胸《むね》に残《のこ》った。

(わたしの笑顔《えがお》……。)

想志《そうし》には見《み》せられなかった。いつも半分泣《はんぶんな》いたような顔《かお》で想志《そうし》を見《み》つめていた。

(心《こころ》の底《そこ》からの笑顔《えがお》を、そうちゃんに見《み》せたかった……。)

ふと、耳《みみ》もとで竜人《りゅうど》の声《こえ》がした。

——What A Wonderful World《この素晴らしき世界》……いつかそういえる日《ひ》がきっと来《く》るよな、もみとおれにも……。

(いつか……きっと、心《こころ》の底《そこ》から笑《わら》いあえる……。)

九月一日《がつついたち》の試合《しあい》まで、あと半月《はんつき》もなかった。

紅絹《もみ》はどうしても竜人《りゅうど》に勝《か》ってほしかった。きたない試合《しあい》ではなく、華麗《かれい》なリュードのキックで——。

時《とき》は流《なが》れていく。だれも止《と》められない。〝時《とき》〟はつらいことを押《お》し流《なが》してもくれるが、来《き》てほしくない時間《じかん》も運《はこ》んでくる。

ナパーム・滝本《たきもと》とリュードの試合《しあい》の日《ひ》、九月一日《がっついたち》が近《ちか》づいていた。紅絹《もみ》はカレンダーを見《み》ることができなかった。

八月三十日《がっにち》。どこかでカナカナとひぐらしが鳴《な》いていた。

「いよいよ近《ちか》くなってきたなァ。」

店《みせ》のほうで関根《せきね》さんの大声《おおごえ》がした。

二階《かい》にいた紅絹《もみ》はそれだけで竜人《りゅうど》がたずねてきたのがわかった。はねるように階段《かいだん》をおりていく。開《ひら》いたままになっていた引《ひ》き戸《ど》からのぞくと、トレーニングウェアを着《き》た竜人《りゅうど》と目《め》が合《あ》った。一目《ひとめ》で竜人《りゅうど》の顔《かお》も体《からだ》も引《ひ》きしまったことがわかる。

「しぼりこんだなァ。」

関根《せきね》さんが目《め》を細《ほそ》めた。

「なまってましたから。」

竜人《りゅうど》が微笑《びしょう》する。

「トレーニング、きょうで終了《しゅうりょう》した。うちに帰《かえ》るんで挨拶《あいさつ》に来《き》たんだ。」

竜人《りゅうど》は紅絹《もみ》にいったのに、

「帰《かえ》るのかね。」

関根《せきね》さんが口《くち》をはさんでくる。

「やるだけのことはやったから、あとは自己管理《じこかんり》しろって会長《かいちょう》にいわれました。」

竜人《りゅうど》は礼儀正《れいぎただ》しく答《こた》える。

祖母《そぼ》は買《か》い物《もの》に出《で》かけていた。

「会長《かいちょう》が団体《だんたい》の会合《かいごう》に行《い》くんで、途中《とちゅう》まで車《くるま》に乗《の》せてもらうことにした。三十分《ぷん》くらいしか時間《じかん》がないんだ。」

また紅絹《もみ》に話《はな》しかけたのに、

「そうだよ、試合《しあい》終《お》わるまでバイクはいかんよ。」

関根《せきね》さんが二人《ふたり》の会話《かいわ》にわりこんでくる。

「ジムまで送《おく》っていくから。」

紅絹《もみ》は笑《わら》って、竜人《りゅうど》と外《そと》に出《で》た。

「がんばれよーッ！」

後《うし》ろで関根《せきね》さんが竜人《りゅうど》にエールをおくっていた。

竜人《りゅうど》はふっと笑《わら》うと、

「関根《せきね》さんて、もみのおじいさんじゃなかったんだね。」

おかしそうにいった。

「そうなの……おばあちゃんのボーイフレンドでかけがえの、、、、、、ない他人なの。」

「い、い、い、い、、、かけがえのない他人か。」

竜人《りゅうど》はまたほほえんだ。

竜人《りゅうど》と話《はな》すのも、顔《かお》を見《み》るのも久《ひさ》しぶりなのでなんだか緊張《きんちょう》してしまう。

川《かわ》の流《なが》れにそって竜人《りゅうど》は歩《ある》いていく。誠心館《せいしんかん》ではなく竜人《りゅうど》は川《かわ》のほとりの公園《こうえん》に向《む》かっているのがわかった。桜《さくら》の大木《たいぼく》のある公園《こうえん》。一度《いちど》、竜人《りゅうど》と別《わか》れたところ。

「こんなに近《ちか》くにいるのに、ずっと会《あ》えなかったな。」

歩《ある》きながらポツンと竜人《りゅうど》はいった。

「も、も、もみ断ち、してたんだ。」

（――わたしも〝リュード断《だ》ち〟していた……。）

紅絹《もみ》は心《こころ》の中《なか》でつぶやいた。

公園《こうえん》の桜《さくら》の木《き》は緑色《みどりいろ》の噴水《ふんすい》のように葉《は》を噴《ふ》き上《あ》げている。風《かぜ》がおきて葉《は》がそよいだ。セミがとぎれとぎれに鳴《な》いていた。

竜人《りゅうど》は桜《さくら》の木《き》を見上《みあ》げた。木《こ》もれ陽《び》がいっそう精悍《せいかん》になった竜人《りゅうど》の顔《かお》にこぼれ落《お》ちてくる。

「……キック、好《す》きになった？」

おそるおそる紅絹《もみ》はたずねた。

キックを憎《にく》んでほしくない――それが紅絹《もみ》の願《ねが》いだったから。

「ああ……。」

竜人《りゅうど》は桜《さくら》の木《き》にもたれた。

「やめるのが残念《ざんねん》なほどだよ。」

竜人《りゅうど》はため息《いき》をつくようにいった。

「会長《かいちょう》にまず、いわれた。こわい顔《かお》で、ね。〝キックはケンカじゃねぇ！　ケンカじゃナパームを倒《たお》せんぞ！〟。」

竜人《りゅうど》があんまり会長《かいちょう》のものまねがうまいので、紅絹《もみ》は思《おも》わず笑《わら》ってしまう。

「〝リングは祭壇《さいだん》だ、闘《たたか》いは祈《いの》りなんだ！〟。」

「そうちゃんもそういってた。」

笑《わら》いながらそういうと、竜人《りゅうど》の笑顔《えがお》が引《ひ》きしまった。

「江藤《えとう》はそんな気持《きも》ちでリングに上《あ》がってたんだな。よくわかったよ。」

竜人《りゅうど》は顔《かお》を上《あ》げて、木《こ》もれ陽《び》に目《め》を細《ほそ》めた。

「もみ……おれ、ナパームに負《ま》けるかもしれない、けど、やれるだけのことは――。」

「負《ま》けるなんて！」

瞬間《しゅんかん》、紅絹《もみ》は声《こえ》を張《は》り上《あ》げ竜人《りゅうど》をさえぎっていた。

「まだ、闘《たたか》ってもいないのに！」

足《あし》のケガがまだ完全《かんぜん》に治《なお》っていないことも聞《き》いていた。けれど、竜人《りゅうど》にそんな弱音《よわね》をはいてほしくない。

「リュードらしくないよ！」

いきなり紅絹《もみ》はこぶしをにぎりしめると、竜人《りゅうど》にワンツーパンチを送《おく》ろうとした。すばやく、ポケットに片手《かたて》をつっこんでいた竜人《りゅうど》がガードする。紅絹《もみ》は両手《りょうて》をパンチングミットがわりに広《ひろ》げた竜人《りゅうど》に打《う》ってでた。

「リュードは、勝つよ！」

ワンツー！　ワンツー！　竜人《りゅうど》が紅絹《もみ》のパンチを受《う》けて体《からだ》をゆっくりと移動《いどう》する。

「リュードは勝《か》つに決《き》まっている！　リュードの華麗《かれい》なキックで、後楽園《こうらくえん》ホールがどよめく！」

「もみ！」

紅絹《もみ》の小《ちい》さなこぶしは次《つぎ》の瞬間《しゅんかん》、簡単《かんたん》に竜人《りゅうど》の手《て》のひらにつかまり、強《つよ》く引《ひ》き寄《よ》せられた。

竜人《りゅうど》の真剣《しんけん》な目《め》がすぐ真上《まうえ》にあった。

「……もみ！」

つぶやくと、竜人《りゅうど》はいっそう紅絹《もみ》を強《つよ》く、胸《むね》がぶつかるほど引《ひ》き寄《よ》せた。

竜人《りゅうど》がキラキラ光《ひか》る目《め》で紅絹《もみ》を見つめている。紅絹《もみ》もひるまず見《み》つめ返《かえ》した。

「リ、ュ、ー、ドって呼《よ》んだな。」

低《ひく》い思《おも》いのこもった声《こえ》で、竜人《りゅうど》がいった。

「……呼《よ》んだ。」

かすれた声《こえ》で、紅絹《もみ》は答《こた》える。

「ずっとそう呼《よ》ぶか？」

「ずっと、呼《よ》ぶ……。」

紅絹《もみ》も低《ひく》いがはっきりした声《こえ》でいった。

紅絹《もみ》のこぶしを竜人《りゅうど》は両手《りょうて》の中《なか》で、きつくにぎりしめた。

九月一日《がついたち》。後楽園《こうらくえん》ホール。午後《ごご》四時《じ》三十分《ぷん》。

ナパーム・滝本《たきもと》（群界《ぐんかい》）フェザー級《きゅう》2位《い》
リュード（誠心館《せいしんかん》）フェザー級《きゅう》10位《い》vs.

その五回戦《ラウンド》の試合《しあい》で、竜人《りゅうど》は勝《か》った。

死闘《しとう》。その言葉《ことば》どおりの闘《たたか》いだった。

ナパーム・滝本《たきもと》のパンチ力《りょく》は想像以上《そうぞういじょう》のものだった。まともにパンチを受《う》けたリュードが軽《かる》く飛《と》ばされるほど——それでも、リュードはすぐに体勢《たいせい》を整《とと》え直《なお》した。

紅絹《もみ》はどんなにリュードが打《う》たれても、目《め》をそむけなかった。

——リュードが、負《ま》けるはずがない！

想志《そうし》の笛《ホイッスル》をにぎりしめて、紅絹《もみ》は心《こころ》の中《なか》で何度《なんど》も強《つよ》くつぶやいた。

——リュードは勝《か》つ！　必《かなら》ず勝《か》つ！

リュードの羽《はね》のように軽《かろ》やかで攻撃力《こうげきりょく》のあるパンチ。鋼《はがね》のような足《あし》が正確《せいかく》なキックを決《き》める。ローキック、ハイキック！　決《き》まるたびに後楽園《こうらくえん》ホールはどよめいた。ナパームは二回《かい》、スリップダウンしたが、リュードは追《お》いつめられてもダウンすることはなかった。

五回戦《ラウンド》。

闘《たたか》いぬいたうえで、リュードの〝判定勝《はんていが》ち〟だった。

青《あお》いグローブの竜人《りゅうど》の片手《かたて》が上《あ》げられた瞬間《しゅんかん》、後楽園《こうらくえん》ホールに嵐《あらし》が吹《ふ》き荒《あ》れた。床《ゆか》が大《おお》きくゆれるほど。

関根《せきね》さんも国松《くにまつ》さんも立《た》ち上《あ》がっていた。飛《と》びはねていた浩二《こうじ》、佐久《さく》くん。

リング上《じょう》では、リュードがまっ赤《か》に顔《かお》を上気《じょうき》させた長崎会長《ながさきかいちょう》にかつぎ上《あ》げられ、セコンドの宮重《みやしげ》さんと角谷《かどや》さんも興奮《こうふん》して何《なに》やら叫《さけ》んでいた。

たいへんな騒《さわ》ぎの中《なか》――紅絹《もみ》ひとりがシートにうずくまっていた。

（そうちゃん……勝《か》った……リュードは勝《か》ったよ！）

試合中《しあいちゅう》、ずっとにぎりしめていた笛《ホイッスル》を紅絹《もみ》はもっと強《つよ》くにぎりしめる。涙《なみだ》が止《と》まらなかった。

これでリュードは救《すく》われる……。

——もみ、…………よかったな。

そのとき、ふいに想志《そうし》のやさしい声《こえ》が耳《みみ》もとで聞《き》こえた。

（えっ、何《なに》？　なんていったの⁉　よかった、って……？　よく聞《き》こえなかったよ、そうちゃん！）

けれど、くり返《かえ》し問《と》いかけても想志《そうし》の声《こえ》はそれきり聞《き》こえてはこなかった。

18　夜明《よあ》けの空《そら》

祖母《そぼ》の店《みせ》、おでん屋《や》〝きよ〟は連日《れんじつ》、大《おお》にぎわいだった。長崎会長《ながさきかいちょう》は毎日《まいにち》、格闘技関係《かくとうぎかんけい》者《しゃ》を何人《なんにん》も連《つ》れてやってきては祝杯《しゅくはい》をかわしていた。

「リュード、あれで引退《いんたい》だって？　おしいよなァ、キック界《かい》のスターになれたってェのに。」

だれもがそういった。

「一回《かい》きりの試合《しあい》につきあったんだ、あれでいいんだ！」

長崎会長《ながさきかいちょう》は豪快《ごうかい》に笑《わら》って、

「しかし、確《たし》かにおしいやつだ！」

またガハハと大《おお》きな口《くち》を開《あ》けて笑《わら》った。

「しかし、ナパームはきたねぇやつだねぇ、リュードのケガした足《あし》ばっかりねらってたろ？」

関根《せきね》さんが思《おも》い出《だ》しても腹《はら》が立《た》つというように憤慨《ふんがい》している。

「いやなやつだね、そのナパームは！」

焼《や》きなすを作《つく》りながら祖母《そぼ》まで興奮《こうふん》していた。

だれもがリュードの試合《しあい》の話題《わだい》に酔《よ》いしれていた。

去年《きょねん》の九月一日《がっついたち》。想志《そうし》がリングに倒《たお》れた日《ひ》。けれど、そのことをだれも忘《わす》れていないことも紅絹《もみ》は感《かん》じていた。

今《いま》はもういない想志《そうし》のためにも、竜人《りゅうど》が立《た》ち直《なお》れたことを喜《よろこ》んでくれているのだ。

「ところで、リュードはどうしてるんだ？」

だれもが紅絹《もみ》に聞《き》くのが、気恥《きは》ずかしい。

試合《しあい》のあと、紅絹《もみ》は竜人《りゅうど》と電話《でんわ》でしか話《はな》していなかった。人《ひと》がきに取《と》り囲《かこ》まれた竜人《りゅうど》とは〝目《め》〟が合《あ》っただけだ。それで充分《じゅうぶん》だった。

つきぬけた青空《あおぞら》のような竜人《りゅうど》の眼差《まなざ》し――紅絹《もみ》を瞬間《しゅんかん》、包《つつ》みこんだその眼差《まなざ》しだけで、竜人《りゅうど》が〝解《と》き放《はな》たれた〟ことを紅絹《もみ》は感《かん》じた。

「なんか体《からだ》じゅう痛《いた》くて寝《ね》こんでるみたいです。」

紅絹《もみ》がひかえめに答《こた》えると、

「あれだけ打《う》たれりゃなあ。」

試合《しあい》の観戦《かんせん》をしていたらしい格闘技《かくとうぎ》関係《かんけい》の客《きゃく》の一人《ひとり》がいった。

「しかし、打《う》たれ方《かた》もきれいだったね、リュードってぇのは、潔《いさぎよ》くってさ。」

もう一人《ひとり》の客《きゃく》がうなずく。

「そりゃ、キックを愛《あい》してるからさ。」

長崎会長《ながさきかいちょう》が誇《ほこ》らしげにいった。

「キックを愛《あい》してたら、打《う》たれたって美《うつく》しいのさ。」

「こりゃ長崎《ながさき》さん、顔《かお》に似《に》あわずキザだねぇ。」

「悪《わる》かったな。」

会長《かいちょう》が目《め》をむき、店《みせ》が爆笑《ばくしょう》に包《つつ》まれる。

紅絹《もみ》はそっと店《みせ》から和室《わしつ》に戻《もど》った。

そろそろ竜人《りゅうど》から電話《でんわ》がかかってくる時間《じかん》だ。

試合後《しあいご》、竜人《りゅうど》の顔《かお》はひどくはれたらしい。

「とうぶん、もみに会《あ》えないな。」

電話口《でんわぐち》の竜人《りゅうど》は声《こえ》までくぐもっていた。

キックをつづけることに反対《はんたい》していた竜人《りゅうど》の家《いえ》の人《ひと》たちも、竜人《りゅうど》の記事《きじ》が新聞《しんぶん》にのると、切《き》りぬいたりしていたという。

竜人《りゅうど》の家族《かぞく》の話題《わだい》が出《で》るたび、紅絹《もみ》は菜々実《ななみ》のことが気《き》になった。

竜人《りゅうど》をほんとうに好《す》きだ、といっていた。

(ナナミさんにうそをついてしまった……。)

今《いま》、自分《じぶん》が好《す》きなのは想志《そうし》だけではない――。

人《ひと》を傷《きず》つけずに生《い》きていくことは、むずかしいことなのだ、と紅絹《もみ》は思《おも》う。

――愛《あい》はそんなに貧《まず》しいものではない。

うちひしがれたようにそういっていた早坂鉄昇《はやさかてっしょう》の言葉《ことば》を紅絹《もみ》は時《とき》たま思《おも》い出《だ》す。

みんな豊《ゆた》かな愛《あい》の渦《うず》の中《なか》で、確《たし》かなものをつかもうとして、もがき苦《くる》しんでいるのだろうか。母《はは》の香枝《かえ》も父《ちち》の英悟《えいご》も——。

その夜《よる》、竜人《りゅうど》からの電話《でんわ》は携帯《けいたい》ではなく、祖母《そぼ》のいる和室《わしつ》にかかってきた。

「もみ、明日《あした》は九月八日《がつようか》だな。」

電話《でんわ》に出《で》た紅絹《もみ》にいきなり竜人《りゅうど》はいった。ハッと紅絹《もみ》は息《いき》を止《と》める。

9月8日《がつようか》。M《エム》と海《うみ》へ——。

そう書《か》かれた想志《そうし》のカレンダー。あれからとうとう一年《ねん》たつのだ。忘《わす》れていたわけではない。息《いき》をひそめるように紅絹《もみ》は新《あたら》しい〝九月八日《がつようか》〟が通《とお》りすぎていくのを待《ま》つつもりだった。

「海《うみ》に連《つ》れてってやるよ、江藤《えとう》の代《か》わりに。」

快活《かいかつ》に竜人《りゅうど》はいった。

「もう、おばあさんの了解《りょうかい》はもらったんだ。夜明《よあ》け前《まえ》にバイクでむかえに行《い》く。学校《がっこう》に遅刻《ちこく》しないように帰《かえ》ってこられると思《おも》うよ。」

突然《とつぜん》のことに驚《おどろ》いて口《くち》もきけずにいる紅絹《もみ》に、

「〝M《エム》〟はもみに決《き》まってるだろ!」

竜人《りゅうど》は明《あか》るくそういって、電話《でんわ》を切《き》った。受話器《じゅわき》をにぎりしめたままふり返《かえ》った紅絹《もみ》に、祖母《そぼ》が何度《なんど》も小《ちい》さくうなずいた。


九月八日《がつようか》。

まだうす暗《ぐら》いききょう色《いろ》の空《そら》の下《した》、店《みせ》の前《まえ》でバイクが停《と》まった。

ヘルメットをぬいだ竜人《りゅうど》が、店《みせ》に入《はい》ってくる。ヘルメットをもう一《ひと》つ、竜人《りゅうど》は抱《かか》えていた。出発《しゅっぱつ》の準備《じゅんび》をすませていた紅絹《もみ》は緊張《きんちょう》して立《た》ち上《あ》がる。竜人《りゅうど》に会《あ》うのは試合《しあい》のあと、はじめてだった。目《め》が合《あ》って、どちらともなくほほえみあう。顔《かお》のはれも、もう引《ひ》いたようだ。

「まあまあ、はやくからすみませんねえ。」

祖母《そぼ》が和室《わしつ》から顔《かお》を出《だ》し、さっきまでにぎっていたおにぎりの包《つつ》みを紅絹《もみ》にわたした。包《つつ》みはまだあたたかい。ありがとう、と紅絹《もみ》は祖母《そぼ》を見《み》て、リュックにつめた。

「安全運転《あんぜんうんてん》でいきますから。」

竜人《りゅうど》が祖母《そぼ》を安心《あんしん》させている。

お願《ねが》いしますよ、と祖母《そぼ》が目《め》を細《ほそ》めた。

「この日《ひ》のために買《か》っといたんだ。」

竜人《りゅうど》は紅絹《もみ》にヘルメットをかぶせ、ぴったりだ、とうなずいた。

店《みせ》の前《まえ》まで祖母《そぼ》が送《おく》りに出《で》た。

夜明《よあ》け前《まえ》の空《そら》にはまだ星《ほし》がまたたいている。

「海《うみ》につくころちょうど夜《よ》が明《あ》けるよ。」

竜人《りゅうど》はそういって、紅絹《もみ》を見《み》た。

「行《い》くぞ！」

竜人《りゅうど》がバイクにまたがった。紅絹《もみ》もバイクの後《うし》ろに乗《の》る。

「しっかりつかまってろよ！」

竜人《りゅうど》にいわれて、紅絹《もみ》はためらいがちに竜人《りゅうど》の腰《こし》にそっと手《て》を回《まわ》した。竜人《りゅうど》のぬくもり
——。

「リュード……。」

「なんだ？」

爆音《ばくおん》の中《なか》で竜人《りゅうど》が声《こえ》をあげる。

「……ありがとう。」

竜人《りゅうど》は答《こた》えずに、

「おれに体《からだ》をまかせてろ！」

そういって、バイクを発車《はっしゃ》させた。

風《かぜ》にのってバイクは疾走《しっそう》する。

はじめはスピードに体《からだ》を硬《かた》くしていた紅絹《もみ》は、すぐに自分《じぶん》は竜人《りゅうど》と一体《いったい》になっていればいいのだ、とわかった。

竜人《りゅうど》と一つになり、風《かぜ》になって国道《こくどう》16号線《ごうせん》を駆《か》けぬけていく。

夜明《よあ》け近《ちか》い道路《どうろ》は車《くるま》の流《なが》れも少《すく》なく、滑走路《かっそうろ》のようにどこまでも白《しろ》い道《みち》がつづいていた。

バイクのスピードに合《あ》わせるように少《すこ》しずつ夜《よる》が明《あ》けてくる。ききょう色《いろ》だった空《そら》がピーコックブルーに、そしてさらに青《あお》く透明《とうめい》になっていく。

こんなにも美《うつく》しい空《そら》の色《いろ》、だれにも染《そ》められない――。

(でも、いつか染《そ》めてみたい……わたしも……。)

ふっと紅絹《もみ》は思《おも》った。

竜人《りゅうど》と走《はし》っていく。時間《じかん》を切《き》り裂《さ》いて、つき進《すす》んでいく。

風《かぜ》の匂《にお》いで海《うみ》が近《ちか》いことがわかった。

江《え》の島《しま》の海岸《かいがん》に着《つ》くころ、夜《よる》は明《あ》けていた。

空《そら》は青《あお》い色《いろ》を残《のこ》して、オレンジ、ピンク、白《しろ》とさまざまな糸《いと》で織《お》られた朝焼《あさや》けの布《ぬの》を広《ひろ》げていた。

竜人《りゅうど》は海岸《かいがん》の通《とお》りにバイクを停《と》めた。

「疲《つか》れたか?」

ヘルメットをぬいだ紅絹《もみ》に竜人《りゅうど》は笑《わら》いかけた。紅絹《もみ》が首《くび》を左右《さゆう》にふると、

「もう何回《なんかい》も、もみとバイクに乗《の》ってるみたいだった。」

満足《まんぞく》そうに竜人《りゅうど》は目《め》を細《ほそ》めた。

夜明《よあ》けの白《しろ》っぽい浜辺《はまべ》を、紅絹《もみ》は竜人《りゅうど》とゆっくりと歩《ある》きはじめた。犬《いぬ》を散歩《さんぽ》させている人《ひと》が、目《め》のはしをよぎっていく。九月《がつ》の朝《あさ》の海《うみ》に人影《ひとかげ》はなかった。夏《なつ》のなごりと秋《あき》の訪《おとず》れを告《つ》げる海《うみ》の風《かぜ》。

九月八日《がつようか》。海《うみ》に来《き》た。

(そうちゃん……リュードが連《つ》れてきてくれたの……。)

想志《そうし》が生《い》きていたら——そう思《おも》いかけて紅絹《もみ》はやめた。

想志《そうし》は、もう、いないのだ。どんなに願《ねが》っても想志《そうし》と海《うみ》を歩《ある》くことは、もう、できない——。

「江藤《えとう》の声《こえ》を聞《き》いたよ、試合《しあい》のとき。」

ふいに竜人《りゅうど》がつぶやくと立《た》ち止《ど》まった。

「四ラウンドのいちばん苦《くる》しいとき……〝右《みぎ》、右《みぎ》のロー、いけ、リュード!〟……あれは確《たし》かに江藤《えとう》の声《こえ》だった……。」

胸《むね》がつまってきて、紅絹《もみ》は思《おも》わず両手《りょうて》をのどに当《あ》てる。

「あいつは、おれを許《ゆる》してくれたんだな。」

「……もちろんよ！」

紅絹《もみ》のうるんだ瞳《ひとみ》に竜人《りゅうど》の切《せつ》なそうな表情《ひょうじょう》が広《ひろ》がっていく。

——わたしも、そうちゃんの声《こえ》を聞《き》いた……。

そういおうとしたのに、胸《むね》がふるえて言葉《ことば》にならない。

——もみ、…………よかったな。

「……そうちゃんは、いつだってみんなのこと許《ゆる》してくれてたのね……わたしのことだって、きっと。」

「もみのことも？」

ふり返《かえ》った竜人《りゅうど》と、紅絹《もみ》の目《め》が合《あ》った。とたん、紅絹《もみ》は赤面《せきめん》する。じっと紅絹《もみ》を見《み》つめていた竜人《りゅうど》の表情《ひょうじょう》が紅絹《もみ》の心《こころ》の内《うち》を読《よ》んだように瞬間《しゅんかん》くずれ、笑《え》みが広《ひろ》がっていく。二人《ふたり》は黙《だま》って見《み》つめあった。

（そうちゃん……ごめんなさい。

一生《いっしょう》、そうちゃんしか愛《あい》せないと思《おも》ってたのに……どうしようもなくなってしまった

……リュードといっしょにいたい……。)

そう心《こころ》の中《なか》でつぶやいたとたん、急《きゅう》に恥《は》ずかしくなってきて、

「キック、ほんとにもう、やめるの?」

紅絹《もみ》は早口《はやくち》でそういうと、うつむいて、砂浜《すなはま》を歩《ある》きだした。

「ああ……もう、思《おも》い残《のこ》すことないから。」

竜人《りゅうど》は紅絹《もみ》と肩《かた》をならべる。

「これで新《あたら》しい世界《せかい》に踏《ふ》みだせるよ。」

深呼吸《しんこきゅう》するように竜人《りゅうど》はいった。

「ロンドンの、大学《だいがく》に……?」

紅絹《もみ》はまた足《あし》を止《と》める。

「ロンドンには行《い》かないよ。日本《にほん》でだって勉強《べんきょう》はできる。心配《しんぱい》で目《め》がはなせない……守《まも》りたいやつがいるからね。」

竜人《りゅうど》はふり向《む》くと、まぶしそうに紅絹《もみ》を見《み》た。ふいに朝日《あさひ》が自分《じぶん》の横顔《よこがお》にさしてきたの

を感《かん》じる。海《うみ》の上《うえ》に目《め》を移《うつ》して、瞬間《しゅんかん》、紅絹《もみ》は胸《むね》をつかれたように小《ちい》さく声《こえ》をあげた。

（そうちゃん……！）

いきなり、紅絹《もみ》の目《め》がうるんだ。

「なんだ？」

「天使《てんし》のはしご……。」

「天使《てんし》のはしご？」

竜人《りゅうど》も海《うみ》の上《うえ》の空《そら》を見上《みあ》げた。

「ほら、あそこ……、雲《くも》の間《あいだ》から光《ひかり》がいく筋《すじ》もさしこんでるでしょう？　スポットライトみたいに……。あれを〝天使《てんし》のはしご〟っていうんだって、そうちゃんが教《おし》えてくれたの……。」

竜人《りゅうど》も黙《だま》って、雲《くも》から海面《かいめん》にさしこむ光《ひかり》の束《たば》を見上《みあ》げている。

「そうちゃん、天使《てんし》のはしごを見《み》ると、いいことがあるような気《き》がするっていっていた……。」

紅絹《もみ》は深《ふか》く息《いき》を吸《す》いこんだ。

「そうちゃんが死《し》んだときも、天使《てんし》のはしごを見《み》たの……空《そら》をのぼっていくそうちゃんを……。そうちゃんが今《いま》、あそこにおりてきているような気《き》がする……。」

なんとたくさんのものを想志《そうし》は残《のこ》してくれたのだろう。

(ありがとう……そうちゃん……。)

今《いま》、紅絹《もみ》は想志《そうし》のやさしさを全身《ぜんしん》で感《かん》じていた。

「江藤《えとう》ーッ！　そこにおりてきてるのか⁉」

いきなり竜人《りゅうど》が空《そら》からの光《ひかり》を見上《みあ》げて叫《さけ》んだ。

「いるなら、よく聞《き》けー！」

砂《すな》をけって竜人《りゅうど》は波《なみ》うちぎわに向《む》かって走《はし》りだす。

「おまえがいえなかったことを、おれはいうぞ！」

走《はし》りながら竜人《りゅうど》は貝《かい》を拾《ひろ》うと、海《うみ》に向《む》かって力《ちから》いっぱいほうり投《な》げた。

「おれは、もみが、好《す》きだ――ッ！」

貝《かい》は海《うみ》の上《うえ》を飛翔《ひしょう》し、光《ひかり》に包《つつ》まれて消《き》えていく。

紅絹《もみ》も走《はし》りだした。

波《なみ》うちぎわで光《ひかり》をあびた竜人《りゅうど》が、ふり返《かえ》った。竜人《りゅうど》が紅絹《もみ》に手《て》をさしだす。その手《て》を紅《も》絹《み》はつかんだ。次《つぎ》の瞬間《しゅんかん》、竜人《りゅうど》がしっかりと紅絹《もみ》の肩《かた》を抱《だ》き寄《よ》せる。

海面《かいめん》にさざ波《なみ》が立《た》った。

波《なみ》うちぎわで、天使《てんし》のはしごを見上《みあ》げる二人《ふたり》を、天《てん》からのスポットライトのように神々《こうごう》しい光《ひかり》が包《つつ》みこんでいた。

完《かん》

天使《てんし》のはしごの奇跡《きせき》

名木田恵子《なぎたけいこ》

こんな夢《ゆめ》のようなこともあるのね！
今《いま》、私《わたし》の目《め》の前《まえ》に、いく筋《すじ》もの〝天使《てんし》のはしご〟が海《うみ》に錦糸《きんし》で織《お》られた〝はしご〟を降《お》ろし、黄金色《こがねいろ》に輝《かがや》いています。

いつも、作品《さくひん》を書《か》くとき、〝その作品《さくひん》だけの特別《とくべつ》の思《おも》い出《で》〟を作《つく》りたくなります。その作品《さくひん》を思《おも》うときに、額《がく》ぶちのようにいろどられる美《うつく》しい思《おも》い出《で》――すべての作品《さくひん》にそんな思《おも》いが叶《かな》うわけではありません。

けれど、〝天使《てんし》のはしご〟には、どうしてもそんな〝思《おも》い出《で》〟を作《つく》りたかったのです。

私《わたし》の計画《けいかく》では、最終巻《さいしゅうかん》であるこの巻《かん》は〝海辺《うみべ》のホテル〟で書《か》き終《お》えるつもりでした。

けれど、現実《げんじつ》は厳《きび》しく、いつもと同《おな》じ風景《ふうけい》の中《なか》で、この物語《ものがたり》を終《お》えました。

でも、ね。計画《けいかく》をあきらめたわけではなかったの……。初校《しょこう》の手直《てなお》しとあとがきは、今度《こんど》こそ〝海辺《うみべ》のホテル〟で――。

そして、ほんの少《すこ》し前《まえ》、海辺《うみべ》のホテルに着《つ》いたのです。家《いえ》を出《で》るときは晴天《せいてん》だったのに、その海《うみ》べりの町《まち》に着《つ》いたとき、空《そら》は曇《くも》っていました。

海《うみ》のまん前《まえ》のホテルの部屋《へや》に入《はい》ったとたん――私《わたし》は声《こえ》をあげてベランダの大《おお》きな窓《まど》に駆《か》け寄《よ》っていました。

灰色《はいいろ》の空《そら》。その岩《いわ》のような雲《くも》のすき間《ま》からオレンジ色《いろ》の光《ひかり》がさしこみ、〝天使《てんし》のはしご〟が海《うみ》に流《なが》れるようにこぼれ落《お》ちていたのです!

「天使《てんし》のはしご! 天使《てんし》のはしごよ!」

興奮《こうふん》した私《わたし》は、部屋《へや》に案内《あんない》してくれたホテルの人《ひと》の手《て》を取《と》らんばかりに歓声《かんせい》を上《あ》げ、ホテルの人《ひと》も(わけがわからなかったでしょう、ごめんなさい)、いっしょに喜《よろこ》んでくれました。

つい、先《さき》ほどのことです。

奇跡《きせき》のように現《あらわ》れてくれた〝天使《てんし》のはしご〟が消《き》えてしまわないうちに、今《いま》、〝あとがき〟を書《か》いています。

ああ、とうとう、五巻目《かんめ》……。

この物語《ものがたり》も終《お》わってしまいました。

紅絹《もみ》と生絹《すずし》の姉妹《きょうだい》にふりかかった運命《うんめい》の悲劇《ひげき》。〝事件《じけん》〟から約《やく》二年《ねん》の間《あいだ》の二人《ふたり》を追《お》いかけたことになります。

〝許《ゆる》しと救《すく》い〟がテーマ。

人《ひと》はだれでもなんらかのあやまちをおかし、それを心《こころ》のどこかで悔《く》いている……けれど、その気持《きも》ちはいつか必《かなら》ず救《すく》われるときがくる……。そんな思《おも》いをこめてこの物語《ものがたり》を書《か》きはじめたのですが——。

自分《じぶん》でも胸《むね》がジンとしてくるほど、私《わたし》は登場人物《とうじょうじんぶつ》たちに〝許《ゆる》すこと、許《ゆる》されること〝、〝救《すく》うこと、救《すく》われること〟を教《おし》えてもらえたような気《き》がします。

そして、どんなときも〝人《ひと》の善意《ぜんい》〟は伝《つた》わり、だれかの心《こころ》を動《うご》かす、ということも。

紅絹《もみ》は〝事件《じけん》〟と想志《そうし》との別《わか》れによって、成長《せいちょう》していかざるを得《え》ませんでした。人《ひと》の心《こころ》、思《おも》いをひとつひとつ受《う》け取《と》めて、もみちゃん、よく成長《せいちょう》してくれたね、と声《こえ》をかけたくなります。

生絹《すずし》が、ただの〝甘《あま》ったれさん〟ではなかったことも、みんなに伝《つた》えることができたら、と願《ねが》っています。

想志《そうし》、竜人《りゅうど》によって〝人《ひと》を好《す》きになること〟に目《め》ざめた紅絹《もみ》と、〝人《ひと》を好《す》きになるのってこわい〟と思《おも》いはじめた生絹《すずし》——姉妹《きょうだい》のそんな違《ちが》いが切《せつ》ないですが、きっとこの先《さき》、スゥちゃんにもステキな出会《であ》いがあるはずです。

愛《あい》はつきることのない泉《いずみ》だと信《しん》じているから——。

この物語《ものがたり》では、はじめから〝紅絹《もみ》と竜人《りゅうど》〟のどうしようもない、、、、、、感情《かんじょう》の高《たか》ぶりを描《えが》きたいと思《おも》っていました。

そうなの……そうちゃんは、はじめから亡《な》くなってしまうことになっていたのです。しかも二巻目《かんめ》の半《なか》ばあたりで。けれど――。

二巻目《かんめ》を書《か》きはじめ、私《わたし》も、もみちゃんといっしょに、

――そうちゃん、目《め》をさまして!

そうつぶやかずにはいられませんでした。

そんな思《おも》いが二巻目《かんめ》ギリギリまで、そうちゃんの死《し》をのばしてしまいました。

そうちゃんの存在《そんざい》は私《わたし》にとっても大《おお》きかったの……。

今後《こんご》の紅絹《もみ》と竜人《りゅうど》にはたくさんの障害《しょうがい》が待《ま》ちうけていると思《おも》います。けれど、二人《ふたり》は障害《しょうがい》のハードルが高《たか》ければ高《たか》いほど、手《て》をしっかりとつなぎあって飛《と》びこえていくことでしょう。

この長《なが》い作品《さくひん》の間《あいだ》に、さまざまな方《かた》たちのやさしさにふれました。

後楽園《こうらくえん》ホールのタイオイルの匂《にお》い、染《そ》め物工房《ものこうぼう》でのニッキのさわやかな香《かお》り。竜人《りゅうど》

が待《ま》っていた静岡駅構内《しずおかえきこうない》のざわめき、新幹線《しんかんせん》の窓《まど》の外《そと》を通《とお》りすぎていった景色《けしき》——いくつもの風景《ふうけい》、そして、かわした言葉《ことば》、いただいた言葉《ことば》に〝ありがとう〟を。どんなところにも人《ひと》が生《い》きていて、それぞれの思《おも》いを抱《いだ》いている——それを感《かん》じることが創作《そうさく》していくことの深《ふか》い喜《よろこ》びです。

一人《ひとり》では〝本《ほん》〟は作《つく》れないの。

登場人物《とうじょうじんぶつ》の一人一人《ひとりひとり》を理解《りかい》し、少《すこ》しでも作中《さくちゅう》のみんなを生《い》かしたいと飛《と》び回《まわ》ってくれた担当者《たんとうしゃ》。——そして、〝そうちゃんとリュードの間《あいだ》で身《み》もだえしながら描《か》いています〟と心《こころ》をこめてさし絵《え》を描《か》いてくださった武田綾子《たけだあやこ》さんに感謝《かんしゃ》！　武田《たけだ》さんの絵《え》によって、紅絹《もみ》の心《こころ》の変化《へんか》、成長《せいちょう》をみんなもより感《かん》じとってくれたと思《おも》います。

まだまだ、書《か》き残《のこ》してしまったこともたくさんあります。

もっと、生絹《すずし》の内面《ないめん》に迫《せま》りたかった……。母《はは》、香枝《かえ》の気持《きも》ちを書《か》きたかった……。けれど、それはまた別《べつ》の作品《さくひん》で、別《べつ》の形《かたち》で生《い》かせれば、と願《ねが》っているの。

紅《くれない》に生絹《すずし》を重《かさ》ねる……と、桜色《さくらいろ》。

〝紅絹《もみ》〟はベニバナで絹《きぬ》を染《そ》めたあざやかな紅《くれない》。絹《きぬ》の感触《かんしょく》。そして、〝生絹《すずし》〟は、マユから生《う》まれたばかりの精練《せいれん》されていない絹《きぬ》そのもの。──純粋《じゅんすい》な二人《ふたり》の少女《しょうじょ》を表《あらわ》すこの〝名前《なまえ》〟に出会《であ》ったときの興奮《こうふん》を、思《おも》い返《かえ》しています。

──今《いま》、空《そら》は灰色《はいいろ》に藍色《あいいろ》がまじりあった不思議《ふしぎ》な色《いろ》をしています。

ほんの少《すこ》し前《まえ》まで、くっきりと空《そら》から海《うみ》に注《そそ》いでいた〝天使《てんし》のはしご〟は、ひとつ、またひとつと色《いろ》がうすくなり、またたく間《ま》に空《そら》と海《うみ》の間《あいだ》に溶《と》けていってしまいました。

この〝あとがき〟に私《わたし》の感動《かんどう》と、その〝色《いろ》〟をなんとか織《お》りこんで、みんなに届《とど》けたい──。

読《よ》んでくださったこと。

みんなの気持《きも》ちが、紅絹《もみ》、生絹《すずし》、想志《そうし》、竜人《りゅうど》たちに命《いのち》を与《あた》えてくれるのです。

私《わたし》から、そして、登場人物《とうじょうじんぶつ》のみんなから、読者《どくしゃ》のみなさまに、

ありがとう──を！

Special Thanks

協力《きょうりょく》

吉田洸輝《よしだこうき》（八王子《はちおうじ》FSG《エフエスジー》）
山崎和樹《やまざきかずき》（草木工房《くさきこうぼう》）
伊東大祐《いとうだいすけ》（弁護士《べんごし》）
向井千景《むかいちかげ》（弁護士《べんごし》）
坂井大輔《さかいだいすけ》（弁護士《べんごし》）

＊著者紹介

名木田恵子《なぎたけいこ》

東京生まれ。文化学院卒業。〝水木杏子〟のペンネームで『キャンディ・キャンディ』などコミックの原作を手がける。また，名木田恵子の名で絵本の文章から読み物まで多くを執筆。おもな作品に，青い鳥文庫『星のかけら』(パートⅠ～Ⅲ，講談社)『ふーことユーレイ』シリーズ(ポプラ社)，『ドロロンがいこちゃん』『赤い実はじけた』(以上，PHP 研究所)，エッセイ『アイランダー物語』(中公文庫) などがある。

＊画家紹介

武田綾子《たけだあやこ》

1973年，山梨県生まれ。桜美林《おうびりん》短期大学英文科，および東京デザイナー学院絵本創作専攻コース卒業。創作童画イラストグループ「ほっぷ」で岡信子氏に師事。表紙・さし絵の作品に，『おじいちゃんとボクたちの妖精』(講談社)，『あいうえおの花』(金の星社)，『シャイン♪キッズ』(岩崎書店) などがある。

講談社 青い鳥文庫　　213-8

天使《てんし》のはしご5
JACOB'S LADDER

名《な》木《ぎ》田《た》恵《けい》子《こ》

2003年2月14日　第1刷発行

(定価はカバーに表示してあります。)

発行者　野間佐和子

発行所　株式会社講談社

東京都文京区音羽2-12-21　郵便番号112-8001

電話　出版部 03-5395-3536
販売部 03-5395-3625
業務部 03-5395-3615

N. D. C. 913　248p　18cm

装　丁　久住和代

印　刷　図書印刷株式会社

製　本　図書印刷株式会社

ISBN4-06-148606-3

「講談社《こうだんしゃ》　青《あお》い鳥文庫《とりぶんこ》」刊行《かんこう》のことば

太陽《たいよう》と水《みず》と土《つち》のめぐみをうけて、葉《は》をしげらせ、花《はな》をさかせ、実《み》をむすんでいる森《もり》。小《こ》鳥《とり》や、けものや、こん虫《ちゅう》たちが、春《はる》・夏《なつ》・秋《あき》・冬《ふゆ》の生活《せいかつ》のリズムに合《あ》わせてくらしている森《もり》。森《もり》には、かぎりない自然《しぜん》の力《ちから》と、いのちのかがやきがあります。

本《ほん》の世界《せかい》も森《もり》と同《おな》じです。そこには、人間《にんげん》の理想《りそう》や知恵《ちえ》、夢《ゆめ》や楽《たの》しさがいっぱいつまっています。

本《ほん》の森《もり》をおとずれると、チルチルとミチルが「青《あお》い鳥《とり》」を追《お》い求《もと》めた旅《たび》で、さまざまな体験《たいけん》を得《え》たように、みなさんも思《おも》いがけないすばらしい世界《せかい》にめぐりあえて、心《こころ》をゆたかにするにちがいありません。

「講談社《こうだんしゃ》　青《あお》い鳥文庫《とりぶんこ》」は、七十年《ねん》の歴史《れきし》を持《も》つ講談社《こうだんしゃ》が、一人《ひとり》でも多《おお》くの人《ひと》のために、すぐれた作品《さくひん》をよりすぐり、安《やす》い定価《ていか》でおおくりする本《ほん》の森《もり》です。その一さつ一さつが、みなさんにとって、青《あお》い鳥《とり》であることをいのって出版《しゅっぱん》していきます。この森《もり》が美《うつく》しいみどりの葉《は》をしげらせ、あざやかな花《はな》を開《ひら》き、明日《あす》をになうみなさんの心《こころ》のふるさととして、大《おお》きく育《そだ》つよう、応援《おうえん》を願《ねが》っています。

昭和《しょうわ》五十五年《ねん》十一月《がつ》

講　談　社